Knaur

Von Anonymus sind außerdem erschienen:

»Die Liebesinsel« (Band 2544)
»Meine geheimen Talente« (Band 2549)

Vollständige Taschenbuchausgabe Oktober 1990
Droemersche Verlagsanstalt Th. Knaur Nachf., München

Umschlaggestaltung Adolf Bachmann
Umschlagfoto Zefa/Photofile
Satz Compusatz GmbH, München
Druck und Bindung Elsnerdruck, Berlin
Printed in Germany 5 4 3 2 1
ISBN 3-426-02565-5

Anonymus:
Süße 17

Knaur®

Vorwort

Weshalb soll man die Wahrheit verbergen? Ich bin der Held in diesem Buch und trete mit meinem Vornamen auf. Aber ich bin weit entfernt, stolz zu sein, weil ich in dieser Geschichte die Hauptperson bin.
Das junge Mädchen, welches dieses Tagebuch geschrieben hat, wurde meine Frau. Und war sie während dieser so kurzen Verbindung für mich nicht die wunderbarste und liebenswürdigste Gefährtin?
Sie war gerade 18 Jahre, als ich sie zum Altar führte. Die zahlreichen neugierigen Zuschauer an der Kirchentür hielten sie eher für eine Kommunikantin als für eine Braut.
Sechs Monate später starb sie. Schwäche, Tuberkulose und eine zu frühe Schwangerschaft wurden nacheinander von den Ärzten als Gründe angeführt.
Allein und fürchterlich unglücklich, suchte ich nach all dem, was bei mir die Erinnerung an sie wachrief. Ich entdeckte dieses Tagebuch, und dann begriff ich...
Ich begriff, weshalb dieses junge Mädchen, obgleich es äußerlich so gesund zu sein schien, allmählich zugrunde gerichtet wurde, als es in die Hände von Lüstlingen gefallen war. Um das schamlose Verhalten dieser Männer zu beschreiben, ist kein Wort zu hart!

Man wird auf den folgenden Seiten sehen, wie sich das Böse allmählich in ihrer Seele ausbreitete, die bis zu diesem Zeitpunkt unverdorben war. Schließlich wurde sie ganz davon beherrscht. Nichts, weder Religion, Familie noch Studien schützen einen Menschen vor den unheilvollen Folgen flüchtiger Bekanntschaften.
Arme kleine Micheline! Sie richteten dich allmählich völlig zugrunde! Ich hätte zur Polizei gehen und die Schuldigen, diese Ehrenmänner, anzeigen können, die sich in jenen Kreisen verbergen, die man »gute Gesellschaft« nennt. Ich könnte sie alle an den öffentlichen Pranger stellen. Welcher Skandal würde dann bei den feinen Leuten entstehen!
Aber meine Rache wird viel schlimmer sein: Sie wird aus der Veröffentlichung dieses Tagebuches bestehen, das von ihr selbst geschrieben wurde und auf dessen Seiten sie sich wiedererkennen werden. Vielleicht sind sie einsichtig, falls sie dazu fähig sind. Doch ich bezweifle es. Ihre Gewissensbisse mögen sie dazu antreiben, für ihre Verbrechen zu sühnen! Denn ihre Taten waren Verbrechen.
Ich muß gestehen, daß ich selbst mitschuldig bin. Aber war ich mir dessen bewußt? Unwissenheit ist keine Entschuldigung. Doch bin ich fürchterlich bestraft worden: denn du bist gestorben.

Wer diese Aufzeichnungen liest, wird wohl nachdenklich werden. Und ist vielleicht jetzt gerade ein zartes Wesen meinen Lesern auf Gedeih und Verderb ausgeliefert, dann hoffe ich, daß das Bild von Micheline vor ihren Augen erscheint.
Sollten sie sich dann noch rechtzeitig zurückziehen, werden sie niemals meine Qualen und Gewissensbisse kennenlernen.

Freitag, den 1. Oktober

Die Direktorin sieht uns mit strenger Miene an.
»Junge Damen!«
Ihre Stimme ist sogar noch unangenehmer als ihr blutleeres Gesicht. Die kleine Ansprache, die nun folgte – oh! Ich glaube, daß ich überhaupt nicht zugehört habe. Ich fand mein Schreibheft und meine neuen Schulbücher, die so sorgfältig eingebunden waren, bei weitem interessanter.

1. Oktober! Schulanfang!
Wer weiß schon, was dieses verhaßte Wort »Schulanfang« für uns Schülerinnen bedeutet? Aber ich will nicht an meine Ferien denken! Mein Herz ist schwer genug! Ich war glücklich, daß ich eine Tagschülerin war. Ohne die Hilfe meiner Tante hätte ich noch nicht einmal dieses Glück genossen. Meine Augen waren auf die Internatsschülerinnen gerichtet, die alle auf einer Seite des Klassenzimmers saßen. Oh, diese schrecklichen Schürzen, häßlichen Uniformen und schwarzen Strümpfe! Und diese müden Gesichter, auf denen man die Erschöpfung des vierundzwanzigstündigen Eingesperrtseins ablesen konnte! Ich wage gar nicht daran zu denken, daß ich deren Schicksal teilen müßte!

Ich höre meinen Namen und springe auf.
»Micheline de R.«
Die übliche Befragung jeder neuen Schülerin. Die Direktorin glaubte, die Miene einer Richterin annehmen zu müssen.
»Wie alt sind Sie?«
»17 Jahre!«
»Genau 17 Jahre?«
»17 Jahre und zwei Monate!«
»Die Adresse Ihrer Eltern?«
»18, L'Avenue. Ich wohne nicht bei meinen Eltern!«

Ich erzähle nun, daß mein Vater, ein Witwer, mich zu meiner Tante nach Paris geschickt hat, die sich um mich bis zum Ende meiner Schulzeit kümmern sollte.
»Vier oder fünf Jahre lang.«
»Ist Ihre Tante unverheiratet?«
»Nein, sie ist verheiratet!«
»Hat sie Kinder?«
»Nein!«
»Der Beruf Ihres Onkels?«
»Er ist Vertreter und viel auf Reisen.«
»Holt Sie jemand ab oder gehen Sie allein nach Hause?«
»Allein!«
»Wir haben einen Begleitdienst für die Schülerinnen in diesem Bezirk organisiert. Das kostet zwanzig Francs im Monat extra. Sagen Sie dies Ihrer Tante! Übrigens rechne ich damit, daß sie mich in nächster Zeit besuchen wird. – Andrée M!«
Meine Nachbarin hebt ihre Hand und steht auf. Ich höre, daß sie ungefähr so alt ist wie ich. Seit einem Jahr ist sie in dieser Schule.

»Ich hoffe, daß Sie sich mehr anstrengen!« sagt unwirsch die Direktorin. »Um in die Prima zu kommen, müssen Sie sich sehr viel Mühe geben. – Marie-Anne B!«
Meine Gefährtin setzt sich wieder hin. Ich hatte sie vorher nicht bemerkt. Sie ist schön, liebenswürdig und gut gekleidet. Sie sieht mich an und lächelt. Unter dem Tisch schütteln wir uns die Hände. Wir sind Freundinnen. Während die Befragung in dem von Geflüster erfüllten Klassenraum weiterging, neigt sich meine Nachbarin zu mir hin und flüstert mir ins Ohr: »Du wohnst in der L'Avenue? Welch ein Glück! Meine Eltern wohnen ganz in der Nähe in der S... Straße. Wir können zusammen nach Hause gehen, denn ich nehme an, daß du nicht von einer der Schulangestellten begleitet werden willst!«
»Bitte, meine Damen, etwas mehr Ruhe im Klassenraum!« Die Direktorin schlägt mit ihrem Lineal auf das Pult, und ein wenig Ruhe tritt ein.
Nach einigen Minuten des Schweigens lehnt sich Andrée zu mir hin. Sie hält sich ihre Hand vor den Mund, damit man die Bewegungen ihrer Lippen nicht sieht: »Wirst du beaufsichtigt?«
»Ja.«
Dieser Ausdruck der Schulsprache teilte die Schülerinnen in zwei Klassen. Die »freien« Schülerinnen gehen heim, sobald der Unterricht beendet ist, die »beaufsichtigten« bleiben in der Schule, um in dieser Zeit ihre Hausaufgaben für den nächsten Tag zu erledigen. Da meine Tante ängstlich darauf bedacht war, mich nicht länger als notwendig zu Hause zu haben, wurde ich eine »Beaufsichtigte«.
»Ich muß ebenfalls hierbleiben!« vertraute mir meine neue Freundin an.
Das traf sich alles sehr gut. Von Anfang an fiel mir ihr

sympathisches, angenehmes und fröhliches Wesen auf. Ich bin so allein in der großen Stadt Paris, daß ich mit Freude auf die Versicherung einer Freundschaft wartete. Hatte ich mich nicht an diesem Morgen vor dem Schulbesuch und dem spöttischen Verhalten der älteren Schülerinnen den neuen wie mir gegenüber gefürchtet? Nun mußte ich mich nicht mehr ängstigen. Ich hatte jemanden, auf den ich mich verlassen konnte. Andrée, du bist großartig! Ich will deine Freundin sein!

Um sechs Uhr gingen wir zusammen heim. Es war bereits dunkel. Wie kurz die Tage sind! Wir schlenderten langsam durch die große Allee in der Nähe der Schule; seltsam war diese Allee – lang, gerade und unglaublich breit. Nur wenige Häuser waren bewohnt, die meisten noch im Bau. Die Beleuchtung ist spärlich. Ohne meine kleine Freundin hätte ich mich sehr gefürchtet, doch sie sagte ganz ruhig und lächelnd zu mir: »Ich liebe die Dunkelheit!«
Als ich den Wunsch äußerte, so schnell wie möglich nach Hause zu gehen, zuckte sie mit den Schultern und erläuterte mir weitschweifig ihre Meinung. Wenn ich mich richtig erinnere, waren dies die wichtigsten Punkte: »Du mußt verhindern, daß sich deine Eltern falsche Vorstellungen machen! Man muß sich doppelt soviel Zeit nehmen, wie nötig ist, um nach Hause zu gehen, denn diese zusätzliche Zeit kann sehr nützlich sein. Es ist immer besser, zusammen zu schwätzen als zu Hause vor seinen Büchern zu sitzen.«
Dafür hatte ich Verständnis! Aber ich verstand jetzt auch, weshalb die Direktorin heute morgen Andrée so streng angeredet hatte. Wo sie doch so fleißig studierte!

Montag, den 4. Oktober

Andrée stellte mir alle Arten von seltsamen Fragen. Wie ich über die Liebe und über die Männer denke! Welche Meinung habe ich schon? Überhaupt keine. Zu Hause wurde mir oft gesagt, daß ich einem Fremden, der mich auf der Straße anspricht, keine Antwort geben solle. Aber das konnte mit diesen Fragen doch nicht in Verbindung stehen.

Dienstag, den 5. Oktober

An diesem Abend gingen wir wiederum ziemlich lange spazieren, und ich glaube, es war schon ziemlich spät. Drei junge Männer, die ohne Zweifel noch Schüler waren, folgten uns eine Weile und belästigten uns. Ich nannte sie Dummköpfe. Andrée benahm sich viel überlegener. Mit ein paar spöttischen Bemerkungen gab sie ihnen zu verstehen, daß es besser sei, sie würden verschwinden. Nach diesem Zwischenfall war ich etwas ängstlich geworden und zerbrach mir den Kopf. Andrée, als ob sie meine Gedanken gelesen hätte, nahm mich am Arm. Aus ihren Worten schloß ich, daß man von Männern, allerdings nicht von jedem, einiges erwarten könne. Besonders aber müsse ich mir merken, daß ich jungen Männern mit Mißtrauen begegnen solle. Männer in den mittleren Jahren seien am interessantesten. Während der Ferien habe sie einen kennengelernt, und bei der nächsten Gelegenheit wolle sie mir alles erzählen. Aber von alldem dürfe ich zu Hause kein Sterbenswörtchen sagen, denn dann würde ich von meiner Familie noch mehr kontrolliert werden und würde früher oder später meine Offenheit bereuen.

Warum? Dies fragte ich mich vergeblich. Na schön, ich will meiner Tante nichts erzählen. Aber die Geschichte, die Andrée mir versprochen hatte zu berichten, interessierte mich. Ich war begierig, sie zu hören.
Da meine Tante erstaunt war, daß es schon sieben geschlagen hatte, bevor ich heimkam, mußte ich mir eine Ausrede ausdenken: ein Lehrer habe uns noch Ratschläge erteilt und einige von uns in ein Gespräch nach Schulschluß verwikkelt.

Donnerstag, den 7. Oktober

Seitdem ich diese Schule besuche, sprechen die Mädchen nur von Monsieur Pival, der unser Lateinlehrer ist. Ich wunderte mich, weshalb alle Mädchen so vernarrt in ihn waren. Er war der einzige Mann im Lehrerkollegium. Noch verstand ich dies nicht – Frau oder Mann, das waren beide dasselbe für mich. Er sollte uns nach dem Lehrplan sechs Stunden in der Woche quälen. Latein machte mir keinen Spaß. Schon der Gedanke daran mißfiel mir – ja, wirklich! Gestern hatten wir unsere erste Stunde bei ihm. Monsieur Pival hat ein ganz alltägliches Äußeres. Er ist vielleicht vierzig Jahre alt, hager und völlig kahl. Seine Finger sind kurz und dick und ganz mit großen Ringen bedeckt. Er schaut dich seltsam an mit seinen Augen hinter einer goldumrahmten Brille.
Sein Unterricht begann damit, daß er sorgfältig die Schülerinnen einteilte. Andrée und ich mußten in der vorderen Reihe sitzen. Geneviève L., der wir den Beinamen »das Mammut« gaben, Gisela, »die Zahnlose«, und mehrere andere häßliche Schülerinnen mußten in der hintersten

Reihe Platz nehmen. Warum? Andrée flüsterte mir ins Ohr, daß wir nur deshalb in der vordersten Reihe sitzen dürften, weil wir hübsch seien.
Meine Freundin Andrée ist bestimmt verrückt geworden!

Freitag, den 8. Oktober

Gestern langweilte ich mich zu Tode. Monsieur Pivals Übersetzung nahm den halben Tag in Anspruch. Wie lästig ist doch Latein! Als ich Andrée mein Herz ausschüttete, sagte sie lachend zu mir: »Nimm doch Nachhilfeunterricht bei Monsieur Pival!«
Um Himmels willen! Macht sie sich über mich lustig?

Samstag, den 9. Oktober

Der Samstag ist ein halber Feiertag! Die Häuser entlang der Boulevards sind leer. Kein Handwerker arbeitet heute. Die Allee schien größer und eintöniger als an den anderen Tagen zu sein. Gewöhnlich hörte man den Lärm der Handwerker, die zu dieser Zeit Überstunden machten, um ihre Arbeit rasch zu beenden, und fühlte sich deshalb in dieser Gegend weniger einsam. Und heute war alles totenstill. Andrée schien in Gedanken versunken. Plötzlich trat an einer dunklen Stelle hinter einem Baum ein Mann hervor. Ich war wirklich sehr erschrocken. Aber Andrée blieb völlig ruhig.
»Sei unbesorgt!« sagte sie zu mir. »Ich kenne den Herrn! Er folgte uns gestern, ohne daß du es bemerkt hast. Mittags hat er uns angelächelt.«

Bescheiden mußte ich einräumen, daß ich nichts bemerkt hatte. Aber was wollte er jetzt von uns? Andrée schüttelte ärgerlich den Kopf.
»Ich sage dir noch einmal, daß die älteren Männer bei weitem interessanter als die jüngeren sind.«
»Die älteren?«
»Das stimmt!«
Als ich mich vorsichtig umsah, sah ich in dem schwachen Licht der Straßenbeleuchtung seine auffallend grauen Haare, die unter einem altmodischen Hut hervorquollen. Ich war zur gleichen Zeit überrascht und beunruhigt.
Als Andrée meine Nervosität sah, machte sie mir Mut, indem sie mich mit ihrem Ellenbogen anstieß. Lachend sagte sie zu mir: »Nicht ein Wort zu deiner Tante!«

Montag, den 11. Oktober

Der alte Mann war wieder da. Ich sah ihn, sobald ich aus der Schule kam. Sah ihn auch Andrée? Auf jeden Fall sagte sie kein Wort. Sobald wir auf dem Boulevard waren, der ziemlich weit von der Schule entfernt ist, verlangsamte sie ihre Schritte, und vergeblich bat ich sie, schneller zu gehen.
»Wie töricht du bist, Micheline! Warte einen Moment!«
Der alte Mann hinter uns schien es überhaupt nicht eilig zu haben, doch bald erreichte er uns und ging neben uns her. Ich war sehr aufgeregt, und deshalb verhinderte ein Dröhnen in meinen Ohren, daß ich verstand, was er zu meiner Freundin sagte. Sie antwortete ihm ganz ruhig, gleichsam als ob sie ihn schon immer gekannt habe.
Er sprach wieder: »Habt ihr keine Zeit?«
»Nein, unsere Eltern erwarten uns zu einem bestimmten Zeitpunkt!«

Er und Andrée zeigten dasselbe Lächeln.
Ich fühlte, wie ich rot wurde und wollte so schnell wie möglich davoneilen. Doch ich wartete. Sicherlich eher aus Furcht als aus Neugierde.
»Wie alt bis du?« fragte er.
»Siebzehn Jahre alt!« antwortete Andrée selbstbewußt.
»Und deine Freundin?«
»Genauso alt!«
Der alte Mann will meinen Vornamen wissen. Sie nennt ihn, ohne mich vorher zu fragen. Das geht doch zu weit!
Es kommen einige Leute vorbei. Der unbekannte Mann sagt schnell »Auf Wiedersehen« und verschwindet. Meine Erregung ist so groß, daß ich kein Wort hervorbringen kann. Andrée bleibt ebenfalls stumm.
Als es Zeit ist, sich von mir zu trennen, sagt sie schroff zu mir: »Wenn es dir nicht gefällt, kannst du morgen abend auf einem anderen Weg nach Hause gehen.«
Wenn es mir nicht gefällt! Zunächst, was soll mir dabei gefallen? Ich kann nicht einsehen, daß es Spaß machen soll, von einem alten Mann mit schrecklichen grauen Haaren und einem komischen Hut begleitet zu werden.

Trotzdem werde ich nichts zu meiner Tante sagen. Ich fürchte, daß ein unüberlegtes Wort meine neue Freundin verletzen könnte.

Dienstag, den 12. Oktober

Während einer Pause erzählte mir Andrée ihre ganze Geschichte. Es waren Ferienerlebnisse – und sie waren ganz schön schrecklich! Ich kann darüber einfach nicht hinweggehen! Sie verbrachte den August in einem kleinen Ort im Süden. Im Hotel bewohnte ein Mann das benachbarte Zimmer. Sie dachte, er sei verheiratet, war sich aber nicht sicher. Die ersten Tage verbrachte sie damit, einen Teil der Nacht die Ohren an die Zwischenwand zu drücken, um zu hören, was im Nebenzimmer vorging. Dann reiste die Ehefrau ab, und der Mann war vollkommen allein. Er bemerkte Andrée und begann zu lächeln. Eines Tages umarmte er sie. Kurzum, sie ging nachts heimlich zu ihm! Er zog ihr alle Kleider aus, so daß sie völlig nackt war, liebkoste sie und spielte an ihr herum. Ich wußte nicht, was sie damit meinte.

»Sich hingeben!«

Wenn ich aber Andrée glauben kann, tat sie nicht den letzten Schritt. Was heißt der letzte Schritt? Und sie tat ihn nur deshalb nicht, weil sie keine Lust hatte. Lust wozu?

Als meine Freundin meine Unwissenheit bemerkte, sah sie mich geringschätzig an.

»Bist du wenigstens aufgeklärt?«

»Aufgeklärt?«

Nach einigen Erläuterungen verstand ich sie. Ja, ich war aufgeklärt worden. Vor einem Jahr. Aber dadurch wurde ich nicht klüger.

»Hör mir zu!« sagte Andrée. »Ich werde dir ein Buch geben, das dir das nötige Wissen vermittelt. Vor allem aber gib acht, daß es deine Tante nicht sieht!«

Ein Buch? Worüber? Na gut, ich werde es ansehen.

Donnerstag, den 14. Oktober

Gestern gab Andrée mir das Buch. Gemäß ihres Rates band ich es wie die anderen Bücher ein und schrieb »Lateinische Grammatik« darauf. Dann schloß ich mich in die Toilette ein und las es. Jetzt ist mir alles klar. Ich habe begriffen. Gott sei Dank! Man kann sich auch allein vergnügen. Aber ich wage es nicht. Wenn man das macht, riskiert man, wie es scheint, daß man krank wird, Tuberkulose bekommt und ein Idiot wird. Das zweite Kapitel erläutert, wie die Kinder zur Welt kommen. Davon wußte ich schon etwas. Aber neu war für mich, daß dieses andere vorher so viel Freude bereiten soll.
Der Schluß des Buches beschäftigte sich mit dem Thema: »Liebe zwischen Frauen.« Diesen Teil verstand ich überhaupt nicht. Ich werde mit Andrée darüber sprechen.

Meine Tante war sehr überrascht, daß ich so lange in der Toilette blieb. Sie klopfte an die Tür. Ich verbarg das Buch unter meinem Pullover und kam mit rotem Gesicht heraus. Schöpfte sie Verdacht? Ich hoffe nicht!

Freitag, den 15. Oktober

Ich bat Andrée um Erläuterung. Freundlich gab sie mir Auskunft.
»Krank zu werden«, »Tuberkulose zu bekommen« sei völliger Unsinn. Sie habe sich vor zwei Jahren zum erstenmal selbst befriedigt, ohne daß sie krank geworden sei. Was nun das Kinderkriegen anbelange, müsse man sich sehr davor in acht nehmen. Am besten, man wartet ab, bis man verheiratet ist, bevor man den letzten Schritt tut.

»Ja, den letzten Schritt!«
Und schließlich ist nach Meinung meiner Freundin ein Liebesverhältnis zwischen Frauen überhaupt nicht interessant.
In der folgenden Pause setzten wir die Unterhaltung fort, und dabei erfuhr ich, weshalb Andrée junge Männer so sehr verabscheut.
»Junge Männer«, sagte sie, »wollen sogleich alles. Die Folgen für die Partnerin bringen nur Nachteile, einschließlich einer Schwangerschaft. Andererseits gefällt dem älteren Mann, der erfahren ist, ein weniger gefährliches Spiel, bei dem man beinahe ebensoviel Freude empfinden kann.«
»Aha! Nun, wenn ich richtig verstanden habe – der Herr gestern abend ...?«
»Ja, du dumme Gans!« schrie Andrée. »Er kommt nur aus diesem Grund.«
Wie viele Neuigkeiten in wenigen Stunden! Monsieur Pivals Stunde ging in Windeseile vorüber. Ich hörte ihm nicht zu. Ohne Zweifel bemerkte der Lehrer das, denn er blickte mich mehrmals an. Aber ich sah keinen Ärger in seinen Augen.

Samstag, den 16. Oktober

Andrée sagte ziemlich kurz zu mir, sie würde an diesem Abend allein weggehen. Sie gab vor, sie habe etwas am anderen Ende von Paris zu erledigen, aber ich glaube, daß sie nicht die Wahrheit sagte. Wahrscheinlich – ich bin mir nicht ganz sicher – traf sich meine Freundin mit dem alten Mann. Ich meine, ich habe sie beide an der Ecke der T.-Straße in ein Taxi einsteigen sehen. Wohin fahren sie wohl?

Ich weiß es nicht. Ich ahne, daß Andrée darüber nicht reden will. Betrübt ging ich nach Hause. An der Ecke der L'Avenue begegnete mir ein junger Mann. Er war gut gekleidet, mit Mantel und einem eleganten Hut. War es Einbildung? Ich glaube, er lächelte mich an.
Ich beschleunigte meine Schritte, um schnell nach Hause zu kommen. Meine Tante war erstaunt, daß ich so früh eintraf.

Sonntag, den 17. Oktober

Wir gingen ins Kino. Meine Tante langweilte sich. Mein Onkel kommt erst nächsten Monat zurück. Da wir nicht wußten, was wir am Nachmittag machen sollten, gingen wir in ein Kino nahe unserer Wohnung. Ein armseliger Ort, dieses »Palace«, trotz seines Namens. Die Sitze sind unbequem. Die ganze Zeit war Licht im Theater, deshalb glaubte ich, den jungen Mann von gestern wiederzuerkennen. Aber vielleicht habe ich mich auch getäuscht. Auf jeden Fall hat er gelächelt, als ich mich umdrehte und in eine andere Richtung sah.

Montag, den 18. Oktober

An diesem Morgen sah ich auf meinem Weg zur Schule den jungen Mann wieder. Ich bekenne freimütig, er ist mir unsympathisch. Ihm überall zu begegnen, finde ich lästig. Andrée ging unmittelbar hinter mir. Bemerkte sie den jungen Mann? Während der Pause sagte sie mir ihre Meinung über junge Männer.

»Gib acht! Erlaube ihnen keine Freiheiten!«
Es ist seltsam. Je mehr Andrée mich zu beeinflussen versucht, desto mehr erreicht sie genau das Gegenteil von dem, was sie beabsichtigt. Ich beginne Männer zu lieben, die elegant gekleidet sich. Natürlich sage ich kein Wort und höre ihren Worten stumm zu.

Am Abend besuchte meine Tante die Direktorin. Ich ging mit ihr nach Hause. Welch ein Glück! Sie will den Begleitdienst der Schule nicht in Anspruch nehmen.
»Zwanzig Francs!« brummte sie. »Ich lass' mich doch nicht ausnehmen! Das ist einfach schamlos!«

Dienstag, den 19. Oktober

Meine Tante entschied sich, mich als halbe Internatsschülerin umregistrieren zu lassen. Meine Freizeit wurde nicht sehr eingeschränkt, außer daß ich in der Schule einem Imbiß mit meinen Mitschülerinnen einnehmen mußte. Das Essen ist einfach schrecklich. Ich bringe keinen Bissen hinunter, obgleich ich einen großen Hunger habe. Auf welch fürchterlichen Gedanken ist meine Tante da gekommen!

Mittwoch, den 20. Oktober

Andrée verließ mich um sechs Uhr. Ich ging allein nach Hause. Mein Magen schmerzte mich, denn ich hatte wiederum am Mittag nichts gegessen. Vor einer Bäckerei hielt ich an. O Gott, wenn ich doch nur ein wenig Geld hätte!

Welch guten Kuchen hätte ich mir gekauft! Als ich mich vom Schaufenster abwandte, sah ich den jungen Mann hinter mir. Ich lief so schnell ich konnte weg. Obgleich ich mich nicht umdrehte, bin ich mir doch sicher, daß er mir nicht folgen konnte.

Donnerstag, den 21. Oktober

Schon wieder hatte meine Tante einen anderen Einfall: Ich muß Klavierstunden nehmen. Als ob die Übersetzungen von Monsieur Pival nicht genügten, mir die Donnerstage zu verderben. Um 10 Uhr ging ich in die Wohnung meiner neuen Lehrerin. Sie ist eine alte Jungfer, die sogar noch mehr Runzeln im Gesicht als die Direktorin hat. Außerdem benimmt sie sich autoritär und gemein, denn sie schlägt mir auf die Finger, wenn ich eine falsche Taste anschlage. Von den wenigen Stunden Unterricht, die mir im letzten Jahr zuteil geworden sind, ist nichts hängen geblieben. Vergeblich versuchte ich mich daran zu erinnern, was ich gelernt hatte. Meine Anstrengungen stimmten meine Lehrerin nicht milder.
»Eine junge Dame in Ihrem Alter sollte mehr können!«
Es ist wahr, ich bin eine junge Dame. Aber ich werde schlechter als ein Kind behandelt.
Als ich das Haus verließ, sah ich den jungen Mann wieder. Ich zuckte mit der Schulter und schnitt eine Grimasse. Wie lästig er doch ist!

Freitag, den 22. Oktober

Es gab Fisch! Wie schrecklich! Schon der Geruch im Speisesaal nahm mir den Appetit. Gott sei Dank hatten wir an diesem Nachmittag zwei herrliche Stunden bei Mademoiselle Varenne. Welch eine wunderbare Frau! Ihr verdanke ich es, wenn ich eine ganz andere Einstellung zur Literatur bekomme. Musset und Lamartine sind meine Lieblingsschriftsteller.

Um sechs Uhr dachte ich an all das nicht mehr! Ich hatte ein bißchen Geld bei mir, deshalb rannte ich so schnell wie möglich zu der Bäckerei. Ich kaufte zwei Stück Cremekuchen und Obsttorte. Als ich an die Kasse ging, lächelte mir die Verkäuferin in seltsamer Weise zu. Der junge Mann stand plötzlich vor mir und gab der Kassiererin einen 50-Francs-Schein mit den Worten: »Ich bezahle alles!« Ich wollte es ablehnen, aber ich wagte es nicht und kam wieder auf den törichten Gedanken, schnell wegzulaufen.

Samstag, den 23. Oktober

Monsieur Pival bat mich, nach der 11-Uhr-Stunde auf ihn zu warten. Während er mich seltsam anschaute, sagte er, er wünsche meine Tante zu sprechen. Ich zitterte. Bestimmt würde er ihr nichts Gutes über mich sagen. Ich gehöre zu den schlechtesten Schülerinnen. Man würde mich ausschelten. Oh, diese Männer! Da er offenbar glaubte, daß ich es meiner Tante nicht sagen würde, fragte er mich nach meiner Adresse. Er schrieb sie sich auf. Gott sei mir gnädig! Auf alle Fälle, ich bin geliefert.

Während der Zeichenstunde gingen mir schreckliche Gedanken durch den Kopf. Wenn doch Monsieur Pival sterben oder wenn ihn ein Bus überfahren würde! Wenn doch ...! Um sechs Uhr verließ ich mit schwerem Kopf die Schule. Andrée war wie gewöhnlich schon weggegangen. Meine kleine Freundin sah zur Zeit seltsam aus. Sie hatte große Ringe unter den Augen und war sehr blaß geworden. Die Handarbeitslehrerin sprach deshalb mit ihr. Hatte sie Tuberkulose? Vielleicht stand in dem Buch doch die Wahrheit. Ich hatte richtig gehandelt, als ich es nicht versuchte!

Irgend jemand sprach mich an. Es war der junge Mann. Er stellte sich so vor mich hin, daß ich nicht weglaufen konnte und ihm zuhören mußte. Er sei mutterseelenallein und ein Waise. Er habe keine Freunde, keine Kameraden, kurzum niemanden. Deshalb sei er unglücklich. So viel verstand ich. Er wünschte, daß wir miteinander bekannt würden. Oh – nichts außer Freundschaft! Das würde ihm die Einsamkeit erleichtern. Armer Junge! Plötzlich tat er mir leid! Vorsichtig, fast demütig, fragte er mich, ob ich nicht einen Tee mit ihm trinken wolle. In der Bäckerei! Ich fühlte, wie ich rot wurde. Er wartete nicht auf meine Antwort, sondern nahm mich mit sich.

Ich weiß nicht, wieviel Kuchen ich aß. Aber ich weiß, daß ich erst nach sieben Uhr nach Hause ging. Ich fühlte mich sehr krank und meine Wangen waren feuerrot. Der Höhepunkt von allem war, daß meine Tante mir eine Ohrfeige gab. Am nächsten Tag durfte ich nicht das Haus verlassen. Das sollte meine Strafe sein!

Aber in Wirklichkeit kümmerte ich mich nicht darum. Roger – so hieß mein neuer Freund – ist wunderbar. Ich fühle, daß ich bereit bin, seine beste Freundin zu werden.

Eine ganze Woche ist vorbei! Wie schnell die Zeit vorübergeht! Wie soll ich nur so viele Ereignisse zu Papier bringen? Nun, um mit Roger zu beginnen... Roger ist ein übler Bursche. Ich liebe ihn nicht mehr. Als ich am Donnerstag vom Musikunterricht kam, bedrängte er mich, mit ihm nach Hause zu gehen, um sich mit mir zu amüsieren. Ich wußte, was er damit meinte. Das Buch meiner Freundin Andrée hatte es mich gelehrt.
Ich wollte nicht. Wir stritten uns.
»Ich liebe dich«, sagte er mit heißer Stimme. »Ich bin zwanzig Jahre alt und kann ohne eine Frau nicht leben. Ich möchte keine andere Geliebte als dich.«
Wenn ich daran denke! Wenn ich mich nicht zurückgehalten hätte, bestimmt hätte ich ihm eine Ohrfeige gegeben. Ich sagte zu ihm, daß ich ihn nicht wiedersehen und meiner Tante alles erzählen wolle. Wir unterhielten uns sehr laut auf dem Bürgersteig. Die Passanten begannen uns anzuschauen. Zu guter Letzt lief er fort, und ich ging nach Hause.
Meine Tante bemerkte, wie verstört ich war. Sie fragte mich nach dem Grund. Beinahe hätte ich ihr alles gesagt, aber rechtzeitig merkte ich, daß dies ein Fehler gewesen wäre. Ich erinnerte mich an den Ratschlag Andrées, den Mund zu halten. Bestimmt würde ich nur bestraft und in Zukunft überwacht werden.

Bei all diesen Ereignissen hätte ich beinahe Monsieur Pival vergessen. Wie hat sich sein Verhalten verändert! Er hatte mit meiner Tante gesprochen und ihr erzählt, daß ich eine vorzügliche Schülerin sei! Ich habe eine natürliche Bega-

bung für Latein! Nach seiner Meinung müßte ich nur besser die wichtigsten Regeln kennen, um zu den besten Schülerinnen zu gehören. Nachhilfeunterricht würde mir helfen.
Natürlich erhob meine Tante Einspruch, indem sie darauf hinwies, sie habe schon genug Opfer für mich gebracht. Monsieur Pival erwiderte, er habe keine finanziellen Interessen. Wenn sie ihn als Lehrer haben wolle, dann würde er mir umsonst Nachhilfeunterricht geben.
»Ich liebe intelligente und fähige Schülerinnen! Micheline kann ebensoviel leisten wie die anderen. Es ist meine Pflicht als Lehrer, ihr zu helfen. Ich würde ihr hin und wieder eine Privatstunde geben. Bald werden Sie große Fortschritte bei ihren Leistungen feststellen.«
Mit Begeisterung stimmte meine Tante diesem Vorschlag zu. Was mich anbelangte, war ich nicht so erfreut. Sechs Stunden Latein in der Woche waren mir genug. Aber ich wollte eine Rüge vermeiden. Im Augenblick kann ich wirklich nicht mehr verlangen!

Mittwoch, den 3. November

Mein Onkel kommt zurück. Ich habe ihn schon lange nicht mehr gesehen. Als er mich sieht, macht er mir Komplimente: »Meine kleine Miche, du bist wirklich eine junge Dame!«
Natürlich beklagte sich meine Tante, weil ich von der Schule so spät heimkomme. Sie zeigte ihm einen Brief von meinem Vater, in welchem er sie bittet, sehr streng zu mir zu sein. Da habe ich ja einiges zu erwarten! Glücklicherweise ist Onkel Henry sehr nett. Ich weiß, von ihm habe ich nichts zu befürchten.

Samstag, den 6. November

Ich habe zwei schlechte Zensuren erhalten, in Geschichte und in Mathe eine Fünf. Andrée hatte ich meinen Aufsatz gegeben, da sie kein Wort zu dem Thema wußte. Meine Tante hätte beinahe einen hysterischen Anfall bekommen. Mein Onkel nahm einen Stock, zog mich in sein Arbeitszimmer und verschloß die Tür.

Ich schämte mich.

»Benimmt sich so ein siebzehnjähriges Mädchen?« schrie er. »Ein Kind von acht Jahren würde sich nicht so töricht verhalten. Wenn du dich wie ein Kind benimmst, wirst du auch wie ein Kind bestraft.«

Er befahl mir, das Kleid hochzuheben. Der Stock traf mich, und ich spürte ein Brennen auf meiner Haut. Gott sei Dank hatte ich lange Strümpfe an, aber sie bedeckten nicht alles und sind so dünn!

Ich war den Tränen nahe. Aber der Stock berührte meine Beine und Oberschenkel nur, ohne mir weh zu tun.

»Vor allem erzähle deiner Tante, daß ich dich ordentlich verprügelt habe«, flüsterte mir mein Onkel ins Ohr.

Ich schrie und jammerte, so laut ich konnte. Niemals mehr würde ich meine Freundin meine Aufsätze abschreiben lassen.

Sonntag, den 14. November

Meine Tante fährt eine Woche nach Burgund, um familiäre Angelegenheiten zu erledigen. Sie will meinen Vater besuchen. Hoffentlich erzählt sie ihm nichts! Während ihrer Abwesenheit koche ich für meinen Onkel. Es wäre ein

Wunder, wenn ich einigermaßen gut kochen könnte! Ich habe zu wenig Erfahrung!
Wir gingen alle drei ins Kino. Ich glaube, ich habe Roger entdeckt, aber ich sah ihn nicht an. Als wir hinausgingen, nahm ich den Arm meines Onkels, und dies schien ihm zu gefallen.

Montag, den 15. November

Solange ich koche, muß ich nicht auch noch das Internat besuchen. Das hat wenigstens etwas Gutes.

Dienstag, den 16. November

Wie es scheint, sind meine Kochkünste gut. Mein Onkel machte mir am Mittag Komplimente und küßte mich hinter das Ohr. Solche Küsse auf den Nacken waren mir bisher unbekannt. Ein seltsamer Schauer lief mir den Rücken hinunter. Mein lieber Onkel, ich mag dich sehr gern.

Mittwoch, den 17. November

In einem Brief teilte uns meine Tante mit, daß sie sicher angekommen sei. Mein Onkel war noch niemals so freundlich zu mir gewesen. Er rief für mich in der Schule an und lud mich zum Tee ein. Morgen wollen wir ins Theater gehen!

Etwas Seltsames passierte mir!
Als ich das Geschirr nach dem Frühstück abtrocknete, fiel ein Teller hinunter. Ich habe ihn nicht vom Tisch gestoßen, weil ich mich abgewandt und ein anderes Stück in meiner Hand hatte. Mein Onkel stand auf und trat hinter mich. War er es gewesen? Ich weiß es nicht. Mit seltsamer Miene bat er mich, in sein Arbeitszimmer zu kommen. Er folgte mir auf den Fersen mit einem Stöckchen in der Hand nach. Will er mich wegen eines so geringen Anlasses bestrafen?
»Deine Ungeschicklichkeit ist unbegreiflich!« stammelte er mit heiserer Stimme. »Heb dein Kleid hoch! Komm her!«
Atemlos gehorchte ich. Aber er zögerte.
»Ich möchte deine hübschen Oberschenkel nicht mit diesem Stock treffen.« Dann fuhr er in einem seltsam gepreßten Ton fort: »Willst du lieber mit der Hand geschlagen werden?«
Welch eine Frage! Ich sagte nichts.
»Dies würde dir weniger wehtun! Nur...!« Er holte tief Luft. »Nur muß ich auf deinen entblößten Körper schlagen. Zieh bitte deine Unterhose aus!«
Ich glaubte ohnmächtig zu werden. Er löste die Bänder und zog sie herunter. Ich fühlte, wie er mein Hemd hochhob. Aber anstatt mich zu schlagen, streichelte mich seine Hand zärtlich, gleichsam als ob er mich liebkosen wolle. Plötzlich saß er in einem Sessel und setzte mich auf seine Knie, so wie ich war, ohne Unterhose. Er liebkoste meine Pobacken.
»Mein Kleines, ich will dich nicht schlagen.«
Seine Hand fuhr auf meinen Schenkeln auf und nieder, von meinen Knien bis zu meinem flachen Bauch. Dabei beließ er es. Ganz verstört stand ich auf. Als er aus seinem Sessel

aufstand, noch ehe ich meine Unterhose hochgezogen hatte, fiel ich ihm aus einem unbegreiflichen Verlangen heraus um den Hals.

»Mein Onkel! Mein liebster Onkel!« Ich weiß nicht, weshalb ich ihn ganz leise bat, mich unter meinen Haaren hinter den Ohren zu küssen.

Freitag, den 19. November

Ich hatte meine erste Nachhilfestunde bei Monsieur Pival und muß gestehen, daß die lange Stunde schneller vorüberging, als ich gehofft hatte. Monsieur Pival stellte gar nicht seine mürrische und gelehrte Miene zur Schau. Er hatte die üblichen Autoren Horaz, Plinius den Jüngeren und Cicero beiseite gelegt, um mit mir interessantere Texte zu lesen. So das erste Buch der Aeneis, das den Besuch des Aeneas bei Dido schildert. Einen großen Teil davon verstand ich nicht, aber Monsieur Pival, der sehr gelehrt ist, las mir den Text vor und übersetzte ihn. Es war aufregend! Wirklich, Aeneas konnte sich bei der Königin von Karthago nicht gelangweilt haben.

Monsieur Pival versprach mir, daß er beim nächsten Mal pikantere Bücher mitbringen würde. Den Ausdruck »pikant« gebrauchte er selbst. In ihnen würde das Leben in Alexandria im 4. Jahrhundert v. Chr. geschildert. Das gefiel mir. Ich rutschte auf meinem Stuhl hin und her und hatte das Gefühl, daß Ameisen auf meinen Beinen herumliefen. Beinahe hätte ich meinen Lehrer gebeten, mir ausführlicher zu erklären, was Aeneas mit Dido getrieben haben könnte, weshalb ihr Nacken unbedeckt war und warum sie beide aus demselben Gefäß Ambrosia tranken. Aber ich wagte es nicht. Vielleicht war das gut so!

Als ich zu Hause war, küßte mich mein Onkel auf die Weise, wie ich es besonders liebe, auf den Nacken. Als er mich dann zärtlich streichelte, stellte er mir bestimmte Fragen. Ich errötete bis hinter die Ohren, wie ich glaube. Aber mein Onkel war so nett zu mir, daß ich mich entschloß, ihm freimütig zu antworten.

»Was? Du hast es noch nicht gemacht?« sagte er erstaunt. »Alle jungen Mädchen deines Alters machen es, und es ist auch gar nicht schlecht für deine Gesundheit!«

Er erklärte mir ausführlich, wie man sich allein befriedigen könne. Dann zeigte er mir ein Buch mit Illustrationen.

»Lies es und probiere es selbst aus!« sagte er.

Ich schloß mich im Badezimmer ein und las das Buch. Es war ausführlicher als das Buch von Andrée. Die Fotos vor allem waren ungewöhnlich! Ich fand es ulkig, wie die Männer gebaut sind. Ich hatte schon kleine Jungen und Babys gesehen, aber niemals hätte ich gedacht, daß bei Erwachsenen dieses ... solche Ausmaße annehmen könne. Das Buch schildert ausführlich, wie Schülerinnen in Internaten sich geheime Freuden verschaffen.

Ich versuchte es, war aber etwas aufgeregt und spürte nur ein Brennen. Leider hatte ich überhaupt keinen Erfolg. Als ich herauskam, war ich rot bis hinter die Ohren und meine Nerven waren zum Zerreißen gespannt.

Mein Onkel lächelte.

»Wie war es?« fragte er mich, wobei er mich küßte. Ich gab ihm keine Antwort, revanchierte mich durch einen Kuß unter sein Kinn und umarmte ihn fest. Ich glaubte zu fühlen ... Das ist ohne Zweifel dummes Zeug, was ich mir einbilde! Aber es schien mir, daß ich unter dem Stoff seiner

Hose etwas spürte. Nein, ich will nicht weiterschreiben! Es ist bestimmt töricht!

Am selben Tag

Wir hatten Champagner und Austern zum Diner. Mein Onkel war sehr ausgelassen. Er hatte auch Kuchen gekauft. Beim Dessert bat er mich, daß ich mich auf seine Knie setzen und dort den Kuchen essen solle. Seine Hände, die mich berührten, schienen zu zittern. Er kniff mich in meine Brust, und beinahe hätte ich geschrien. Aber ich riß mich zusammen. Er mußte bemerkt haben, daß er mir wehgetan hatte, denn er berührte nur noch meine Beine und Oberschenkel.
Welch ein komisches Gefühl verursachten diese Finger bei mir, die auf und nieder fuhren, bisweilen auch über meine Strümpfe streiften, aber sogleich wieder nach unten glitten. Erneut küßte er mich auf meinen Nacken und meine Wangen. Dann fragte er mich plötzlich, was ich von dem Buch hielte, das ich soeben gelesen hatte. Zwei Gläser Champagner waren mir ein wenig in den Kopf gestiegen.
»Sehr unterhaltend!« sagte ich.
»Na schön! Geh und mach es noch einmal! Nachts geht es sogar besser! Schnell ins Bett, mein kleines Kätzchen!«
Ich gehorchte. Während ich mich auszog, ließ mich ein seltsames Fieber erschauern. Im Bett hob ich mein Nachtgewand hoch und versuchte es noch einmal. Der einzige Erfolg war nur, daß ich immer aufgeregter wurde.
Schließlich stand ich auf und ging ins Speisezimmer. Mein Onkel trank gerade ein Glas Cognac. Als er mich in dem langen weißen Nachthemd sah, lachte er.

»Kleine Miche! Ich werde dir einige Pyjamas kaufen. Dieses Nachthemd ist ja schrecklich!«

Ich küßte ihn und setzte mich auf seine Knie, gleichsam als ob ich ein Recht darauf hätte, dies zu machen. Ich bat ihn, mir meinen Nacken zu küssen, und er tat es. Aber dies war nicht alles. Mit der rechten Hand zog er mein Nachthemd hoch und streichelte meine Knie.

»Nun«, sagte er, »kannst du es nicht noch einmal probieren?«

Als ich meinen Kopf senkte, ohne ihm eine Antwort zu geben, fuhr er fort: »Du weißt nicht, wie du es machen sollst? Soll ich es dir zeigen?«

Er las mir von meinen Augen meine Zustimmung ab und küßte mich erneut, aber diesmal inbrünstiger und in den Mundwinkel. Dann rannte ich in mein Zimmer. Doch ich achtete darauf, daß die Tür offen war. Zwei Minuten später kam er zu mir herein. Hurra! Er hatte seinen Pyjama an. Offenbar hatte er sich sehr beeilt.

Wortlos, aber mit einem seltsamen Lächeln trat er auf mich zu, packte mich an den Schultern und hob mich auf ein Kissen hoch, während er mich mit der anderen Hand entblößte. Dann griff er nach meinen Knien, die ich instinktiv fest zusammenpreßte.

»Bitte, sei nicht so verkrampft!« sagte er.

Seine Hand fuhr langsam meine Oberschenkel entlang. Er befühlte meinen Bauch und wagte es, die gekräuselten Haare zu berühren, die in meiner Schamgegend in einem kleinen braunen Dreieck wuchsen.

Dann aber zog er zu meiner großen Enttäuschung seine Hand zurück. Er öffnete die Knöpfe, die mein Nachthemd über der Brust verschlossen, und streichelte zärtlich meine Brüste. Oh! Wie erregend war dies. Dann zog er mir mein

Nachthemd aus! Ich war völlig nackt. Erschreckt zog ich das Deckbett über mich. Sachte löschte er das Licht.
Da ich in der Dunkelheit sicher war, von niemandem gesehen zu werden, hatte ich sogleich mehr Mut. Er setzte sich ans Bett und drehte mich auf den Bauch. Ich fühlte, wie seine Finger über meinen Rücken streiften und dann zwischen meinen Beinen vorsichtig eindrangen. Ich glaubte, tausend Lichter vor meinen Augen zu sehen. Alles in mir schien zu schmelzen und sich aufzulösen, ich schien auf einer Woge zu schwimmen. Doch dann schrie ich! Alle meine Muskeln zogen sich zusammen und ich warf mich wild hin und her.
Mein Onkel küßte mich wieder und verließ mich dann. Es dauerte sehr lange, bis ich einschlafen konnte.

Mittwoch, den 1. Dezember

Es sind bereits 15 Tage verflossen! Wie schnell das Leben vorbeigeht! Ich glaubte, zwanzig Jahre älter geworden zu sein!
Meine Tante kam zurück, und mein Onkel reiste ab. Bevor er abreiste, konnten wir noch einmal allein zusammensein und... Nein! Wenn durch einen unglücklichen Zufall dieses Tagebuch einmal gefunden werden sollte!
Ich bin unglücklicher als jemals zuvor. Nun bin ich eine Frau und weiß alles. Doch ich will bei der Wahrheit bleiben – ich habe nicht den letzten Schritt getan, wie sich Andrée ausdrücken würde. Aber ich habe noch genügend Zeit dafür. Mich auf diese Weise allein zu vergnügen, ist ebenfalls köstlich. Oh, wenn doch mein Onkel bald zurückkommen würde, denn zusammen mit ihm ist mein Vergnügen bei weitem größer.

Samstag, den 4. Dezember

Der Unterricht von Monsieur Pival ist einfach großartig! Zweifellos gefällt mir Latein jetzt. Was ich übersetze, ist höchst interessant. Mein Lehrer nahm mir das Versprechen ab, niemand etwas zu erzählen. Bestimmt nicht! So dumm bin ich nämlich nicht! Nachts träume ich in meiner Einsamkeit von den nächsten Abenteuern der kleinen Flötenspielerinnen in Alexandria und den Orgien der großen Kurtisanen. Wenn Andrée dies ahnen würde, dann wäre sie eifersüchtig. Seit einiger Zeit ist sie nicht mehr so freundlich zu mir. Als ich heimkam, gab mir der Hausmeister die Post. Ein Brief von meinem Onkel! Mit Ungeduld möchte ich wissen, ob er seine Rückkehr ankündigt.

Sonntag, den 5. Dezember

Mein Onkel wird erst in einem Monat zurückkehren. Meine Tante wird noch mehr als jemals zuvor von der Langeweile gequält; es herrscht schlechte Stimmung im Haus. Da sie sich weigert auszugehen, ging ich in der Wohnung umher und dann hinunter in den Hof. Meine Aufgaben hatte ich gemacht und brauchte etwas frische Luft. Die Sonntage sind so lang!

Ich sah den Hausmeister nahe dem Eingang zum Keller. Er lächelte mich an, und ich lächelte zurück, ohne daß ich mir dabei etwas dachte. Plötzlich öffnete er seinen grauen Arbeitsanzug. Unten war alles entblößt. Ich sah genau seinen... und zitterte von Kopf bis Fuß. Einen Monat zuvor noch wäre ich weggerannt, aber jetzt blieb ich. Ich zwang mich, nicht zu erröten und eine gleichgültige Miene zu bewahren. Wirklich, der Hausmeister ist ein komischer Mann. Er ist verheiratet und hat einen Jungen in meinem Alter. Seine Frau ist nicht sehr liebenswürdig. Ich vergleiche sie oft mit meiner Tante.

Montag, den 6. Dezember

Ich habe Roger gesehen, ging ihm aber aus dem Weg. Habe ich richtig gehandelt? Wenn er mir jetzt seine Vorschläge machen würde, sicherlich wäre ich nicht mehr so ärgerlich! Immer dasselbe! Der junge Mann ist ein Lump. Sein selbstbewußtes Auftreten mißfällt mir. Warte ein wenig, mein guter Freund! Wenn du so weitermachst, wirst du noch ganz schön auf die Nase fallen! Du wirst sehen!

Donnerstag, den 9. Dezember

Ich sagte nichts zu meiner Tante, ging ohne Hut und Mantel nach unten zu dem Hausmeister, öffnete die Tür und fragte ihn lässig, ob er Post für uns habe. Als ob ich nicht wüßte, daß der Postbote nur um fünf Uhr kommt. Der Hausmeister war allein. Er setzte sein Sonntagsgesicht auf und glaubte offenbar, daß ich nicht wüßte, es würde ihn etwas in seiner Hose quälen. Doch ich blickte ihm fest in die Augen. Er mußte merken, daß sein kleines Spiel nicht unbemerkt von mir abgelaufen war. Ich ging hinaus und war seltsam erregt. Alles hätte ich gegeben für... Langsam überquerte ich den Hof und hielt automatisch vor der Treppe, die in den Keller führt. Schritte hinter mir versetzten mich in Furcht. Es war Monsieur Pipelet, der Hausmeister.

»Bist du es?« murmelte er, als er an mir vorbeiging und die Treppe hinunterstieg. Ich sah zum Haus hin, entdeckte aber niemand an den Fenstern. Meine Tante war wahrscheinlich im Salon, der zur Straße hin liegt. Schnell ging ich auch hinunter. Der Hausmeister wartete auf mich am Treppenende und öffnete die Tür, die zu dem Raum führt, wo sich die Maschine des Aufzugs befindet. Daran befand sich ein Schild: »Betreten verboten – Lebensgefahr!« Er packte mich am Arm und stieß mich in diesen Raum. Ich wollte zurückweichen. Ahnte er meine Furcht?
Er lachte.
»Kleines, hab keine Angst! Der Strom ist abgestellt!«
Er hatte bereits die Tür geschlossen. Wir waren im Dunkeln allein. Dann zog er mich an sich und umarmte mich. Sein Mund suchte den meinigen. Er roch nach Alkohol. Seltsamerweise erregte mich das noch mehr. Ich ließ mich küssen. Mit der anderen Hand hob er hinten mein Kleid hoch und befühlte meine Beine. Seine Hand fuhr auf und ab. Sehr geschickt löste er die Bänder meiner Unterhose und zog sie bis zu meinen Knien herunter. Aber weiter ging er nicht. Dann ergriff er meine Hand, und ich mußte diesen gewissen Körperteil berühren, der groß und brennend heiß war. Ich fühlte, wie er wieder mein Kleid hochhob. Er liebkoste mich, und dann fühlte ich, wie etwas meine Oberschenkel berührte. Unwillkürlich drückte ich sie zusammen. Mehrere Sekunden gingen vorüber, bis ich plötzlich spürte, wie mich etwas benetzte, während er keuchte. Seine Hand drückte meine Brust, und ich fühlte seinen heißen Atem auf meinem Nacken.
»Meine Kleine, meine Kleine!« stammelte er.
Ich ging die Treppe hoch und hatte den seltsamen Wunsch zu schlafen, denn meine Nerven waren gereizt.

Mit dem Aufzug wollte ich vom Parterre in unsere Wohnung hinauffahren. Doch ein kleines Schild an der Tür verkündete: »Zur Zeit außer Betrieb«.

Freitag, den 10. Dezember

Ich sah Roger wieder, als ich um acht Uhr in die Schule ging. Ohne auf seine Worte zu achten, lief ich stolz an ihm vorbei. Zufällig ging Monsieur Pival einige Schritte vor mir. Hätte Roger mich belästigt, so hätte ich ihn gerufen.
Andrée schien krank zu sein und nahm am Unterricht nicht teil. Mademoiselle B., die Englischlehrerin, welche Andrée sehr gern hatte, fragte mich, was sie wohl habe. Wie sollte ich das wissen? Ich stellte mir ja selbst diese Frage. Schließlich bat sie mich, sie zu besuchen und ihr zu berichten. War dies nicht ein schöner Auftrag? Außerdem war es ein guter Grund, für eine Stunde außer Haus zu gehen. Und schließlich hatte ich meine kleine Freundin ja auch gern! Ich werde ihr auch ein paar Süßigkeiten mitbringen.

Am selben Tag

Mit der Erlaubnis meiner Tante stattete ich Andrée vor dem Diner einen Besuch ab. Die Wohnung ihrer Eltern macht keinen schlechten Eindruck. Sie ist zwar nicht so groß wie die unsrige, aber angefüllt mit teuren Antiquitäten, die das Herz meines guten Onkels sicher höherschlagen ließen.
Meine Freundin lag mit hohem Fieber zu Bett. Sie sah schrecklich aus und war sehr bleich. Einige Augenblicke waren wir allein, und sie erzählte mir alles. Sie hätte etwas

Törichtes gemacht. Den letzten Schritt habe sie noch nicht getan. Doch kurzum, sie habe sich verletzt. Sie fürchtete, daß der Doktor den wahren Grund ihrer Krankheit herausfinden könnte, zitterte aber auch um Edgar. Wer war dies? Vielleicht der alte Mann, mit dem ich sie mehrfach zusammen gesehen habe und mit dem sie regelmäßig am Abend nach Hause ging. Aber Edgar wußte von nichts und mußte besorgt sein. Andrée bat mich, ihn zu beruhigen. Sobald es ihr möglich sei, wolle sie ihm einen Brief schreiben. Ohne daß sie mir es sagte, begriff ich, daß ich die Rolle einer Postbotin spielen sollte! Ich fühlte mich nicht wohl dabei, aber lächelnd beruhigte mich Andrée. Edgar wäre sehr freundlich und zugänglich – aber ist es nicht gerade das, was ich fürchte? Trotzdem kann ich es nicht ablehnen, ohne unhöflich zu sein. Ich versprach, daß ich alles für sie erledigen würde. Dann verabschiedete ich mich.
Andrées Bruder, ein kräftiger, alberner junger Bursche von zwanzig Jahren, geleitete mich zur Tür. Weshalb sah er mich mit den Blicken eines Geiers an? Mir beim Händeschütteln die Handfläche zu kitzeln, ist sehr unangenehm! Welch ein Narr!

Samstag, den 11. Dezember

Ich faßte mir ein Herz, und um sechs Uhr besuchte ich Monsieur Edgar. Von weitem sah ich schon, wie er mit trauriger Miene wartete. Ich hatte Mitleid mit ihm. Der arme alte Mann! Vielleicht liebte er meine Freundin aufrichtig? Er mußte schrecklich unter dem Altersunterschied leiden, für den er nicht verantwortlich war. Beherzt ging ich auf ihn zu und lächelte ihn an. Er wurde noch blasser als

zuvor. Ich sprach mit ihm, und er antwortete mir mit großer Höflichkeit. Seine Stimme war schön anzuhören und hatte einen sonoren Klang. Er erzählte mir, daß er einst ein bekannter Sänger und vor 20 Jahren sehr erfolgreich gewesen sei. Langsam ging er neben mir her, und ich vergaß den eigentlichen Grund für dieses Gespräch. Bald hatte es den Anschein, als ob er sich mehr für mich als für Andrée interessierte. Er wollte mein Alter wissen. Ich wiederholte die Lüge meiner Freundin: 19 Jahre. Seine Fragen wurden allmählich immer hinterlistiger und waren mir schließlich lästig. Beim Abschied bat er mich, möglichst bald zu ihm nach Hause zu kommen und ihm Neuigkeiten von meiner Freundin mitzuteilen. Er sagte dies mit einer solchen Selbstverständlichkeit, daß ich keine Angst verspürte. Natürlich sollte ich Andrée davon nichts erzählen, denn in ihrem Zustand könne sie auf Gedanken kommen, die jeden Bezug zur Realität entbehrten.
Mein Onkel wird in drei Wochen zurückkehren. Was diesen Narr von Hausmeister anbelangt, weiß ich noch nicht, was ich tun will...

Montag, den 13. Dezember

Zwischen vier und fünf Uhr Gymnastikunterricht. Ich nahm daran nicht teil, Gisèle P. sagte für mich »Hier«, und auf diese Weise bekam ich zwei Stunden Freizeit. Ich besuchte Andrée und wollte danach verabredungsgemäß zu Monsieur Edgar gehen, um ihm zu berichten, wie es ihr ginge. Viertel nach vier war ich bei meiner Freundin. Ihr Bruder war wieder anwesend und belästigte mich erneut. Andrée war erstaunt, mich um diese Zeit zu sehen, aber ich gab ihr keine Erklärung, machte meinen Besuch so kurz wie möglich und verließ sie. Ich versprach ihr, die paar Zeilen, die sie schnell auf ein Papier kritzelte, morgen zu Monsieur Edgar zu bringen. Weshalb ich log, als ich »morgen« sagte? Um die Wahrheit zu sagen, ich weiß es nicht.

Monsieur Edgar wohnt nicht sehr weit von ihr entfernt; ich war in drei Minuten bei ihm, trat ein und war ganz aufgeregt, als ich die Treppen hochging. Es schien mir, als ob der Hausverwalter mich seltsam anblickte, als ich an ihm vorbeilief. Angenommen, ich verfehlte die Tür oder Monsieur Edgar war nicht anwesend? Was hatte das für Folgen für mich? Dieser Besuch ist völlig normal, redete ich mir ein, ich erweise nur einer Freundin einen Gefallen. Mit zitternder Hand läutete ich.

Plötzlich öffnete sich die Tür. Monsieur Edgar begrüßte mich mit einem freundlichen Lächeln, und meine Furcht war verschwunden.

Nachdem die Tür wieder zu war, bemerkte ich, daß er nur seinen Schlafrock anhatte. Wir gingen in einen kleinen Raum, dessen Wände mit Teppichen behängt waren. Eine bizarre Beleuchtung und ein seltsamer Geruch, der die Sinne verwirrte und zur gleichen Zeit einschläfernd wirkte, fielen mir zuerst auf.

Monsieur Edgar nahm mir meine Bücher ab, half mir aus dem Mantel und nahm meine Baskenmütze. Dann bat er mich, auf einem Diwan Platz zu nehmen, der sehr breit und hoch war. Es schien mir, als ob ich in den Polstern verschwinden würde.

Ich sah mich im Raum um. Überall waren Spiegel und eine Menge Blumen. Der Geruch mußte von den Rosen stammen. Monsieur Edgar bot mir einen Likör an, den ich

vergeblich abzulehnen versuchte. Dabei fiel mir auf, daß kein Wort über Andrée fiel, obgleich ich doch zu ihm gekommen war, um ihm von Andrée zu berichten. Doch Andrée wußte ja auch gar nicht, daß ich ihretwegen hier war. Bald wußte ich nicht mehr, weshalb ich hierhergekommen war! Oh! Dieser Likör! Er ruft ein Brennen hervor, aber zur gleichen Zeit löscht er den Durst.
Monsieur Edgar hatte sich neben mich gesetzt. Plötzlich füllte er mein Glas wieder, und in einem Zug trank ich es leer. Ich wußte nicht, weshalb ich mich zurücklehnte. Mein Kleid wurde dabei hochgezogen und entblößte meine Knie noch mehr. Ein Nachteil dieses Diwans! Er hat eine so merkwürdige Form! Monsieur Edgar bat mich mit würdevoller Stimme, mein Kleid nicht herunterzuziehen.
Als ich die Stirn runzelte, sagte er: »Ich bin ein Künstler!« Sofort errötete ich. Monsieur Edgar zeigte mir ein Album mit Fotografien. Eine Menge Frauen waren darauf nackt abgebildet, auch viele Mädchen in meinem Alter. Es waren auch noch jüngere darunter. Mir fiel eine kleine Blondine auf, die fast noch ein Kind war. Auch Andrée entdeckte ich. Die Aufnahme war sehr gut. Sie schien noch schöner zu sein, als sie es in Wirklichkeit war, und das will viel heißen! Monsieur Edgar fragte mich, ob ich mich nicht ebenfalls vor die Kamera stellen wolle. O Gott! Ich möchte gern wissen, für wen er mich hält. Ich war nahe daran zu protestieren, wegzulaufen und die Tür hinter mir zuzuschlagen.
»Oh! Nicht nackt!« sagte er sofort. »Nein, auf keinen Fall! Angezogen, so wie du jetzt bist! Erlaube mir, daß ich dir dann das Negativ als Dank dafür gebe, daß du hierhergekommen bist.«
Soweit hatte er mich gebracht! Ich konnte ihm den Wunsch nicht abschlagen... Er holte eine Kamera, die in einem

Schrank verborgen war, legte Kissen hinter mich und bat mich, daß ich mich an sie anlehne. Mein Kleid wurde wieder nach oben geschoben, und es gelang mir nicht mehr, es nach unten zu ziehen. Er verhinderte dies mit einem Lächeln. Klick! Das Blitzlicht leuchtete auf. Ich war fotografiert. Mein Kleid war so weit hochgezogen, daß meine Beine vollständig zu sehen waren. Doch dann wurde ich sehr unruhig und schaute auf meine Armbanduhr. Nun, die Schule würde erst in 30 Minuten zu Ende sein. Was sollte ich bis dahin machen? Monsieur Edgar hatte seine Kamera beiseite gelegt und versprach mir, bis morgen die Platten zu entwickeln. Dann schenkte er mir wieder seine Aufmerksamkeit, aber, wie ich glaube, etwas zuviel davon! Er bot mir nämlich an, mir Strümpfe zu kaufen! Tatsächlich hatte er bemerkt, daß meine Strümpfe nicht aus reiner Seide, sondern aus Wolle waren.

»Deine Eltern werden nichts bemerken, und du wirst Strümpfe wie eine erwachsene Frau haben. Einer meiner Freunde handelt mit Strümpfen. Ich möchte dir auf diese Weise ein kleines Geschenk machen – wollen wir sagen, als Zeichen unserer Freundschaft! Du bist köstlich, Micheline! Ich liebe dich bereits sehr!«

Er nahm ein Bandmaß von der Kommode, dann begann er die aufregendste Sache, die ich je erlebt hatte. Er zog mir einen Schuh aus und maß meinen Fuß.

»Welch zierliche Knöchel!« rief er aus, indem er vor mir niederkniete.

Tatsächlich konnten seine Finger sie ohne Schwierigkeiten umfassen. Dann maß er die Länge vom Knie bis zu den Fersen. Ich mußte noch ein Glas Likör trinken. Währenddessen stellte er den Umfang meiner Oberschenkel fest. Ich wußte gar nicht, daß eine solche Genauigkeit für den Kauf

von Strümpfen notwendig war. Er hob meinen Rock hoch. Seine Finger waren so sanft und geschickt, daß ich nicht dagegen zu protestieren wagte.
Doch zierte ich mich ein wenig.
»Hab keine Furcht, meine kleine Freundin! Ich kenne junge Mädchen sehr genau!«
In der Tat, die Fotografien, die ich sah, überzeugten mich davon. Mein Gesicht war bis hinter die Ohren errötet. Er wollte seine Hände unter meinem Rock nicht zurückziehen, und meine Erregung wurde immer größer. Der Likör, den ich trank, rief erneut ein Brennen in meiner Kehle hervor. Ich war sehr durstig. Indem er sich den Anschein gab, mit seinem Bandmaß beschäftigt zu sein, kam er mit seinem Kopf nahe an mich heran und gab mir einen Kuß auf die nackte Haut zwischen meiner Unterhose und dem Strumpfende. Ich versuchte, ihn wegzustoßen, doch er bestand darauf, mich dort heftig zu küssen.
»Laß mich jetzt allein!« sagte er. »An diesem Abend, wenn du ins Bett gehst, wirst du den Abdruck meines Kusses sehen. Was soll ich noch mehr sagen?«
Der seltsame Ton seiner Stimme raubte mir fast den Verstand, und ich legte mich rücklings hin. Trotz meiner Unterhose fühlte ich seine Finger, protestierte aber nicht dagegen. Sie drangen tief zwischen den Stoff und meine Haut ein. Oh, dieses sanfte Streicheln! Ich zitterte am ganzen Körper, kaum merkte ich, wie er die Unterhose herunterzog. Er hob mein Hemd hoch. Jetzt lag ich völlig entblößt ohne Unterhose vor diesem Mann, den ich nicht kannte und der viel älter war als ich – und der außerdem ein Verhältnis mit meiner Freundin hatte. Doch seltsam, anstatt daß mir dieser Gedanke Furcht einjagte, erregte er mich noch mehr. Plötzlich küßte er mich dort, wo meine

Strümpfe endeten. Seine Lippen fuhren auf und nieder, und bald drückte er sie fest auf diese Stelle. Ich preßte meine Beine zusammen, doch seine Lippen blieben hartnäckig dort. Was soll ich sagen – ich ließ mich gehen...

Ich weiß nicht, wie ich das Haus verlassen habe. Es war gegen sieben Uhr, und ich wäre beinahe ohnmächtig geworden. Ständig glaubte ich, noch diesen Kuß oder besser Biß zu fühlen. Ich war mir nicht mehr bewußt, was um mich herum vorging. Eine Dame stützte mich, als ich im Begriff war, auf den Bürgersteig zu fallen. Indem ich meine Schulbücher an mich drückte, ließ ich zu, daß man mir in ein Taxi half. Ein Mann mit einem Käppi, ein Polizist, fragte mich nach meiner Adresse. Unter Schwierigkeiten murmelte ich sie.

Zu guter Letzt lag ich in meinem kleinen Mädchenbett. Eine unbekannte Frau schilderte meiner Tante, wie ich vor ihrem Haus einen Schwächeanfall bekommen hatte.

Tiefer Schlaf überfiel mich, und ich gab mich ihm mit großer Mattigkeit hin. Um Mitternacht wachte ich auf. Eine schwache Nachttischlampe brannte, zwei oder drei Medizinfläschchen standen auf dem Nachttisch. Meine Tante war in ihr Schlafzimmer gegangen. Vorsichtig zog ich die Bettdecke zurück und hob mein langes Nachthemd hoch. Auf der hellroten Haut konnte ich den Abdruck von zwei Lippen entdecken. Hoffentlich hatte meine Tante das nicht gesehen, als sie mich entkleidete! Ich zog die Decke wieder über mich und legte behaglich meinen Kopf in das Kissen.

Freitag, den 17. Dezember

Erst heute war ich wieder in der Schule. Meine Tante hatte wegen mir einen Arzt geholt. Ich schlug ihr den Arzt von Andrée vor, und er kam auch und schien sehr taktvoll zu sein. Er war noch sehr jung und stellte mir nicht allzu viele Fragen, die sich auf die Ursachen meiner Krankheit bezogen.

»Es sind dieselben Ursachen wie bei Andrée: Überarbeitung. Selbst wenn die junge Dame am Unterricht nicht teilnimmt, muß sie sich mehr schonen.«

Dies machte auf meine Tante Eindruck, und ich bekam mehr Freizeit. Heute war ich in der Schule. Auch Andrée, die wieder gesund ist, war dort, doch ich ging ihr möglichst aus dem Weg. Ob ich ihr erzählen soll, daß ich bei Monsieur Edgar gewesen bin?

Meine Freundin kam während der Pause um drei Uhr zu mir. Sie bedankte sich bei mir, daß ich so freundlich gewesen war, Botendienste für sie zu übernehmen.

»Meine kleine Miche, ich bin dir sehr zu Dank verpflichtet!«

»Weshalb? Das war doch selbstverständlich!« stammelte ich verwirrt.

Als ich die Schule verließ, sah ich in einiger Entfernung Monsieur Edgar. Schnell verabschiedete ich mich von Andrée, die ebenso wie ich den Wunsch hatte, unser Gespräch zu beenden. Auf einem etwas längeren Weg ging ich heim. In der Nähe unseres Hauses sah ich eine mir vertraute Gestalt. Es war dieser junge Mann namens Roger. Oh – gibt es ihn tatsächlich noch?

Samstag, den 18. Dezember

Eine Unterrichtsstunde bei Monsieur Pival. Wegen meiner kürzlichen Erkrankung wünschte meine Tante, daß die Stunde verschoben würde, aber ich bestand darauf, daß sie stattfand. Monsieur Pival war sehr gerührt. Er nannte mich seine »Kleine« und überhäufte mich mit Komplimenten. Niemals habe ich so viele Fehler gemacht. Als die Stunde zu Ende ging, übersetzte Monsieur Pival Verse, die ich in der Übersetzung hier wiedergebe:

> Die Satyrn verfolgen in den Wäldern
> die leichtfüßigen Oreaden:
> Sie jagen diese Nymphen in den Bergen
> rufen Furcht in ihren dunklen Augen hervor,
> ergreifen ihre Haare, die wie Flügel sind,
> packen sie im Lauf an ihren jungfräulichen Brüsten
> und werfen ihre warmen Körper
> rücklings auf das feuchte, grüne Moos.
> Und diese schönen Körper, diese göttlichen Körper,
> liegen geduldig ausgestreckt am Boden.
> Eros entlockt ihren Lippen Schreie. O Frauen!
> Wie schmerzlich und süß ist die Lust!

Ich wollte diese Verse abschreiben, damit ich sie lesen könnte, wenn ich allein bin. Aber Monsieur Pival wünschte dies nicht, und so prägte ich sie mir ins Gedächtnis ein. Deshalb stehen sie in diesem Tagebuch.
Ehe wir uns trennten und ich meine Baskenmütze aufgesetzt hatte, streichelte mein Lehrer mein brünettes Haar. Verträumt wiederholte er einen Vers: »Sie ergriffen ihre Haare, die wie Flügel waren...«

»Du siehst, ich muß den langen Haaren der Frauen des Altertums nicht nachtrauern!«
Er trug eine seltsame Miene zur Schau, die mich sehr überraschte. Ich ging schnell weg und hatte den Eindruck, daß seine Hand die meinige ein wenig länger als nötig gehalten hatte.

Montag, den 20. Dezember

Gestern war ein mühevoller Tag!
Immer wieder las ich in meinem Lateinheft! Wer hätte das von mir gedacht! Wahrlich, die französische Übersetzung, die ich mir gegen den Willen von Monsieur Pival aufgeschrieben hatte, interessierte mich mehr als der lateinische Text.
Ich begann eben, mir selbst Vergnügen zu verschaffen, als meine Tante eintrat. Glücklicherweise las sie nichts, machte einfach das Heft zu und tadelte mich ein wenig.
»Micheline, du hast jetzt genug gearbeitet! Wir gehen ein wenig außer Haus!«
Bestimmt war mein kleiner Schwächeanfall gut für mich!

Mittwoch, den 22. Dezember

Der Doktor kam wieder, um sein Gewissen zu beruhigen, wie er zu mir sagte. Er meinte, mein Zustand habe sich gebessert und verschrieb mir einige Injektionen, damit ich wieder zu Kräften komme. O du meine Güte! Glaubt er, daß ich an Tuberkulose leide? Sicherlich bin ich sehr blaß, und wenn nicht abgemagert, so doch sehr schmal. Meine Mit-

schülerinnen nennen mich die Nähnadel. Vielleicht genieße ich zu sehr die einsamen Freuden, und das Buch von Andrée hat recht. Aber wie soll ich ohne diese Vergnügungen leben? Wenn ich es nicht wenigstens einmal am Tag mache, fühle ich mich elend. Oh, diese Spritzen! Da steht mir ja etwas Schlimmes bevor. Es bleiben Wunden zurück, wenn die Nadel in den Arm gestochen wird. Bei Frauen in Abendkleidern, deren Arme entblößt waren, habe ich gesehen, daß deren Impfnarben sehr häßlich waren. Ob ich als erwachsene Frau auch solche Narben habe?
Meine Tante, um die Angelegenheit noch schlimmer zu machen, war damit einverstanden, daß ich mich dieser Behandlung unterzog. Ob ich es nun wollte oder nicht, ich mußte sie über mich ergehen lassen.
»Ich will mir nämlich von deinem Vater keine Vorwürfe machen lassen«, sagte sie zu mir. »Wenn er dich in einem solchen Zustand sieht, glaubt er, daß du nicht genug zu essen bekommst.«

Donnerstag, den 6. Januar

Meine Ferien sind zu schnell vorübergegangen. Eine Woche in Burgund mit Papa war wirklich entzückend! Welche Freude machte es mir, wieder in meiner Heimat zu sein und all meine alten Freundinnen wiederzusehen!
Sie sind alle noch unschuldig! Das Landleben hat ihnen nichts zu bieten. Das eigentliche Leben kann man nur in Paris genießen. Ohne Bedauern kehre ich zurück. Übrigens ist die Schule überhaupt nicht so unangenehm. Am Samstag habe ich wieder Unterricht bei Monsieur Pival.

Freitag, den 7. Januar

Welch eine Katastrophe! Morgen hält Monsieur Pival an der Sorbonne eine Vorlesung. Kein Unterricht! Ich muß neun Tage warten! Das ist sehr lange!

Samstag, den 8. Januar

Monsieur Edgar hat die Grippe, und aus diesem Grund geht Andrée mit mir zusammen nach Hause. Es ist jetzt genauso wie an den ersten Tagen im Oktober.

Wir erlebten ein seltsames Abenteuer. Als wir an den Häusern vorübergingen, die gerade in der Allee gebaut wurden, kamen einige Arbeiter heraus. Wie ist es möglich, daß sie samstags arbeiten?

Es waren drei Männer, zwei junge und einer im mittleren Alter. Sie versperrten uns den Weg und packten uns an den Schultern. Kein Mensch war weit und breit zu sehen, so hatten sie leichtes Spiel. Der ältere und einer der jüngeren Männer schleppten Andrée in das Haus. Der andere drehte mir das Handgelenk herum und zwang mich, mit ihm zu gehen. Ich leistete Widerstand, und es kostete ihn viel Mühe, mich zu überwältigen, aber schließlich hatte er Erfolg. Andrée lag bereits auf dem Boden, und trotz der Dunkelheit konnte ich genau erkennen, daß der ältere Mann sich über sie beugte und ihr den Rock hochhob. Auch ich wurde niedergestoßen. Meine Bücher fielen zu Boden. Ich fühlte, wie man mich an den Knien packte und mich oberhalb meiner Strümpfe berührte. Dann spürte ich, wie eine Hand in meine Unterhose fuhr und ein Finger sich an mir zu schaffen machte.

Oh, wie schrecklich!
Schließlich rannten alle drei weg. Ich stand auf, suchte meine Bücher und fand sie nur unter großen Schwierigkeiten. Andrée biß ihre Lippen fest zusammen und sagte kein Wort. Ich half ihr bei der Suche ihrer Bücher, die unter einige Bretter gefallen waren.
Dann gingen wir nach Hause.
»Diese Schweine!« keuchte Andrée. Ein merkwürdiges Gefühl veranlaßte mich, alles vor meiner Tante zu verbergen, obgleich ich zuerst daran dachte, daß solche Verbrecher erfahren sollten, was es bedeutet, zwei Schülerinnen so zu behandeln.
Schweigen schien mir aber vorteilhafter zu sein. Andrée dachte genauso wie ich. So sagten wir beide nichts.
Aber es kostete mich viel Mühe, meine zerrissene Unterhose, die Strumpfbänder und mein Hemd, dessen Saum die Abdrücke von schwarzen Fingern aufwies, wieder in Ordnung zu bringen.

Montag, den 10. Januar

Andrée versicherte mir, sie habe diese Verbrecher identifiziert. Es seien Kohlenträger einer bekannten Firma. Sie ärgerte sich weniger über das, was sie getan hatten, als über die brutale Art und Weise.
Meine Arme und Schultern sind mit schwarzen und blauen Flecken bedeckt. Und der Doktor soll mir morgen meine erste Spritze geben!
Von jetzt an benutzen wir eine andere Straße, die belebter ist.
»Wenn Monsieur Edgar wieder gesund ist«, sagte Andrée,

»gehen wir mit ihm nach Hause! Wenn uns diese Verbrecher wieder auflauern, dann halten sie ihn für einen unserer Verwandten.«
Aber ich lege keinen Wert darauf, Monsieur Edgar zu sehen. Wenn ich es mir so recht überlege, ziehe ich ein erneutes Zusammentreffen mit den Kohlenträgern einem Besuch bei Monsieur Edgar vor.

Dienstag, den 11. Januar

Ich habe es erreicht, daß meine Injektion um 24 Stunden verschoben wurde.
Als wir um sechs Uhr aus der Schule gingen, stand nahe der Schule unter der Straßenlaterne ein Mann, der auf jemanden zu warten schien. Als wir in einer Gruppe an ihm vorübergingen, öffnete er seinen Mantel. Unterhalb seines Jacketts war er ganz entblößt. Dieses Schauspiel erschreckte mehrere meiner kleinen Schulfreundinnen. Hatten sie keine Ahnung? Die arme kleine Gisèle, die bald achtzehn wird, sollte mehr Erfahrung haben. Andrée und ich blieben ungerührt und gingen wortlos vorüber, gleichsam als ob nichts geschehen wäre. Auf diese Weise – so glaube ich – nahm unser Ansehen unter den Mädchen beträchtlich zu.

Mittwoch, den 12. Januar

Der Doktor ist sehr nett. Ich ging zwischen eins und halb zwei in seine Praxis. Ein Schreiben meiner Tante berechtigte mich, die Schule zu verlassen. Er war sehr rücksichtsvoll und tat mir nicht weh, zog mir aber einfach den Pullover

hoch, um besser arbeiten zu können. Als er meinen Arm befühlte, lobte er meine kräftigen Muskeln.
»In zwei Jahren wirst du eine schöne junge Frau sein!«
Dieses Kompliment nahm ich mit zwiespältigen Gefühlen auf. Weshalb erst in zwei Jahren? Bin ich denn jetzt noch ein Kind?
Diese Fragen brannten mir auf den Lippen, aber ich wagte sie nicht zu äußern. Gefiel ihm Andrée oder ich besser? Da er uns beide gesehen hatte, hätte er es mit Sicherheit sagen können. Ich spürte nicht, wie die Nadel in mein Fleisch eindrang.

Donnerstag, den 13. Januar

Mein Onkel kommt erst nächste Woche. Aber welch eine Freude! Mein guter Onkel Henry! Trotz meiner Freude, ihn wiederzusehen, war ich mir bewußt, daß dies nicht nur Zuneigung war. Es gab noch einen anderen Grund... Die Begierde, die köstliche Erwartung. Hoffentlich können wir ein- oder zweimal allein sein.

Freitag, den 14. Januar

Andrée sprach mit mir über den Doktor. Als das Gespräch auf die Spritzen kam, erzählte sie mir, daß man öfters in die Oberschenkel spritze, um die Arme nicht zu entstellen. In die Oberschenkel! Dieser Gedanke beschäftigte mich, und es kostete mich viel Mühe, davon loszukommen.
Der Mathematiklehrer rief mich zur Ordnung. Ich soll nachsitzen.

Samstag, den 15. Januar

Da meine Tante einkaufen mußte, ging sie außer Haus. Weil mein Onkel da ist, esse ich auf seinen Wunsch hin nicht in der Schule. An diesem Nachmittag war meine Tante schon weg, als ich mit den Büchern unter meinen Armen in die Schule gehen wollte. Lächelnd zog mir mein Onkel den Mantel aus, den ich bereits angezogen hatte.
»Ich werde in der Schule anrufen«, sagte er. »Eine kleine Unpäßlichkeit! Du wirst erst wieder am Montag in die Schule gehen.«
Und mein Unterricht bei Monsieur Pival? Bah! Ist der Unterricht, den mir, wie ich ahne, mein Onkel geben wird, nicht viel angenehmer?
Ruhig verlangte er die Direktorin und erzählte ihr seine kleine Lügengeschichte. Sie wirkte wunderbar.
Er hängte ruhig den Hörer ein und öffnete seine Arme. Ich warf mich in sie. Er küßte nur meinen Nacken auf diese Weise, die ich so sehr liebe. Seine Hand streichelte meinen Rücken, er stieß mich ein wenig von sich und starrte mich von Kopf bis Fuß an. Sein Atem wurde schneller.
»Es scheint mir, Miche, daß du gewachsen bist! Du bist tausendmal schöner als im letzten Monat!«
Er bat mich, meine Arme hochzuheben. Ich gehorchte. Er befühlte meine Brüste und schien zufrieden zu sein. Ich hielt meine Arme weiter hoch erhoben. Dann schloß ich meine Augen und öffnete meinen Mund wie ein Kind, das etwas Süßes erwartet. Er hob mein Kleid hoch, während ich mich nicht rührte. Seine Hand fuhr über den oberen Teil meiner Beine, meines Bauches und meines Rückens. Dann fühlte ich, wie meine Unterhose bis zu meinen Knien herunterfiel. Ich hob meine Füße nacheinander hoch, um

meine Unterhose ganz loszuwerden, danach führte er mich zu seinem großen Sessel und setzte mich auf seine Knie.
»Mein Kleines, sag mir, ob du deinen Nutzen aus dem gezogen hast, was ich dich gelehrt habe!«
Ich glaube, ich bin ein wenig errötet, schloß aber meine Augen und nickte mit dem Kopf, indem ich hinter einem Lächeln meine Nervosität verbarg.
»Hast du es öfters gemacht?«
»Jede Nacht!« versicherte ich ihm stolz.
»Du bist mein liebes kleines Mädchen!«
Er küßte mich hinter das Ohr und hob seine Hand. Da ich keine Unterhose anhatte, kann man leicht erraten, welchen Platz sie suchte. Ein wenig spreizte ich meine Beine und verbarg mein Gesicht an den Schultern meines Onkels. Ich gab mich ganz meinen Gefühlen hin, und sein Vergnügen dauerte lange. Seine Berührungen waren entzückend und köstlich... Jedesmal, wenn ich nahe daran war, völlig zu vergehen, hielt er inne und fing von neuem an. Deshalb befand ich mich bald in einem Zustand äußerster Erregung. Ich nahm seinen Arm, als er seine Hand zurückziehen wollte.
»Bitte, bleib!« bat ich ihn.
»Nein!«
Er nahm mich in seine Arme, hob mich wie ein Baby hoch und trug mich in sein Zimmer. Dann legte er mich aufs Bett und vergrub sein Gesicht zwischen meinen Beinen.
Das gefiel mir besser als bei Monsieur Edgar. Ich spreizte meine Beine und preßte sie dann so fest zusammen, daß ich ihn beinahe stranguliert hätte.
Weshalb zog er mir nicht alle meine Kleider aus? Ich wollte gerne nackt, völlig nackt in seinen Armen liegen. Meine kleinen Brüste waren unter meinem Hemd so fest gewor-

den, daß sie mir fast wehtaten. Aber er zog mir nicht einmal meine Strümpfe aus. Er erklärte mir, daß ihn meine Unterwäsche erregen würde. Vollständig nackt hätte er den Eindruck, ich sei noch kleines Mädchen, so aber würde ich wie eine Frau aussehen.

Schließlich setzte er sich ganz nahe neben mich, ergriff meine Hand und legte sie an eine bestimmte Stelle. Ich konnte die Knöpfe seiner Hose nicht aufmachen, so sehr gespannt war der Stoff. Er half mir. Kühn griff ich mit meiner Hand in die Öffnung, berührte diesen gewissen Körperteil, holte ihn heraus und rieb ihn.

»Nicht so schnell!« sagte mein Onkel mit hochrotem Gesicht.

Ich gehorchte ihm, und bald erreichte er den Höhepunkt. Wir behielten noch lange diese Stellung bei. Es ist köstlich, bewegungslos und halb schlafend so nebeneinander zu liegen.

Da es Abend geworden war und meine Tante bald heimkommen würde, brachten wir beide unsere Kleidung in Ordnung.

»Mein Liebling, du bist blaß! Du hast Ringe unter den Augen. Um so besser! Das erfundene Unwohlsein wird man dir glauben!«

Dienstag, den 18. Januar

Ich wollte mich meinem Onkel ganz nackt hingeben – und hatte Erfolg. Da er mein Nachthemd häßlich fand, schenkte er mir drei hübsche Pyjamas aus Seide in Rosa, Blau und Weiß.

Ich wollte sie sogleich ausprobieren. Meine Tante befand

sich mit ihrer Schneiderin im Salon, und es bestand keine Gefahr, daß sie so bald kommen würde. Ich ging in mein Zimmer und zog meine Kleider aus. Als mein Hemd, das als letztes Kleidungsstück meine Blöße verdeckte, zu Boden gefallen war, ging ich zur Tür und rief leise meinen Onkel herbei.

Ich hatte mich für diese kühne Tat vorbereitet. Vor ihm wollte ich keine falsche Scham mehr zeigen! Im Gegenteil! Ein wenig Kühnheit würde ihn bestimmt in Erstaunen versetzen und ihn noch mehr für mich einnehmen.

Er kam und war verblüfft. Da die schrille Stimme meiner Tante aus dem Salon zu hören war und da es den Anschein hatte, daß sie noch ein längeres Gespräch mit ihrer Schneiderin führen würde, lachte mein Onkel, kam herein und verschloß die Tür.

»Micheline, mein Liebling!« rief er aus, indem er mich küßte.

Schnell stieß er mich aufs Bett und legte mich hin. Ich ließ mir alles gefallen, was er wollte. Seine Lippen streiften über meinen Körper in alle Richtungen. Ich war so erregt, daß ich glücklich wurde, bevor er mich berührt hatte.

Ich stand auf und probierte die drei Pyjamas an. Der rosarote schien meinem Onkel am besten zu gefallen. Wenn ich später mit ihm allein war, trug ich ihn immer.

Die Schneiderin ging weg. Mein Onkel verschwand schnell, und ich zog mich so schnell ich nur konnte an. Meine Tante, die zwei Hüte bestellt hatte, war in bester Laune. Um so besser! Ich hasse nichts mehr als ihre schlechte Laune. Was würde meine arme Tante sagen, wenn sie wüßte, was zwischen mir und Onkel Henry vorgefallen ist! Was für ein Gesicht würde sie machen! Bei diesem Gedanken lief es mir gleichzeitig kalt über den Rücken, und ich mußte lachen.

Wenn ich darüber nachdenke, hat dieses Gefühl des Unerlaubten noch das Vergnügen vermehrt, das mir mein geliebter Onkel verschaffte.

Mittwoch, den 19. Januar

Wieder eine Injektion! Doch der Doktor ist reizend! Er machte mir alle Arten von Komplimenten, während ich meinen Pullover hochzog. Schnell zog er die Bänder meines Hemdes über die Schultern. Meine Brust war entblößt, und mit geschickter Hand befühlte er sie. Ich war sehr aufgeregt. Wie erfahren mußte er doch auf diesem Gebiet sein, das mich so interessierte! Doch was dachte ich nur! Ein Doktor! Ein Mann, der jeden Tag so viele nackte Frauen sieht! Ein Mädchen wie ich würde ihm bestimmt nicht gefallen. Ich weiß nicht, welcher Gedanke mich veranlaßte, ihm zu sagen, daß ich Angst vor den Narben an meinem Oberarm hatte.
»Deine Furcht ist unbegründet!« sagte er. »Die Einstiche der Spritze kann man nicht sehen. Impfen kann man damit nicht vergleichen.«
Meine Brust war noch immer entblößt. Gehorsam streckte ich meinen Arm aus, und mit sichtbarer Freude kniff er in die weiße Haut.
»Na schön«, sagte er plötzlich, indem er die Spritze weglegte, »wenn du es möchtest, gebe ich dir die Spritze auch in den Oberschenkel!«
Im stillen hoffte ich genau das, mußte aber große Anstrengungen machen, damit ich nicht errötete. Welch eine unangenehme Angewohnheit ist es, beim geringsten Anlaß zu erröten. Er führte mich zu einem Diwan, und ich mußte mich drauflegen.

»Hebe bitte dein Kleid hoch!«
Mit zitternder Hand gehorchte ich.
»Höher, noch etwas höher!«
Seine Finger berührten meine Haut ganz in der Nähe meiner Unterhose.
»Spreize die Beine!«
Ich dachte, er wollte... Doch nein, kaltblütig zog er meine Strümpfe herunter, drückte mit dem Daumen und dem Zeigefinger meine Haut zusammen und stach die Spritze hinein. Ich spürte überhaupt nichts. Er erhob sich und schraubte die Nadel ab.
Mit entblößter Brust lag ich ausgestreckt auf dem Diwan. Er betrachtete mich eine Weile, lachte seltsam und sagte: »Es ist alles vorbei! Du kannst aufstehen, Mädchen!«
Ich zog den Pullover hoch und verließ die Praxis. Draußen holte ich tief Luft, schüttelete meine Haare und eilte in die Schule.
Steht dort nicht Roger? Ich will mich nicht vergewissern. Er interessiert mich nicht mehr. Das Bild des jungen Doktors in seinem weißen Kittel geht mir nicht aus dem Sinn!

Donnerstag, den 20. Januar

Andrée hatte Geburtstag. Ihre Familie erlaubte ihr deshalb, einige Freundinnen einzuladen. Auch ich war dabei. Wir tanzten zur Musik eines Grammophons, tranken Champagner und aßen viel Kuchen. Ich war ganz versessen auf diese kleinen Sandwiches, die aus dünnen, köstlichen Brötchen hergestellt waren. Beinah hätte ich mir den Magen verdorben.
Robert lud mehrere seiner Klassenkameraden aus dem

Gymnasium Louis Le Grand ein. Auf diese Weise hatten wir viele Tanzpartner. Er forderte mich zu jedem Tanz auf. Da ich aber nicht tanzen konnte, ging ich auf Zehenspitzen. Oh! Wie viele Tadel mußte ich wegen meiner Ungeschicklichkeit von ihm einstecken! Doch am Ende bat er mich um Verzeihung. Wirklich! Er schien mir ein lustiger Bursche zu sein, der bereit war, mit jedem Freundschaft zu schließen. Ich hatte sein Alter falsch geschätzt. Er war nur 19 Jahre alt. Noch ein richtiger Knabe! Ich hätte ihn für wenigstens 20 Jahre gehalten. Wirklich, ich kenne die jungen Männer zu wenig!

Freitag, den 21. Januar

Mein Onkel ist wieder weggefahren, aber das beunruhigt mich nicht. Als ich mich an diesem Morgen der Schule näherte, kam Monsieur Edgar auf mich zu und gab mir einen Brief. Welch ein Glück – Andrée war zu spät gekommen und bemerkte nichts!
Während der Geschichtsstunde öffnete ich ihn und las:

> Meine liebe Micheline!
> Die Aufnahme von Dir ist herrlich unanständig. Aber ich verspreche Dir, ich werde sie Dir geben. Wann willst Du sie Dir holen?

Soll ich diesen Mann wieder besuchen? Nein! Er soll meine Fotografie behalten. Sie interessiert mich genausowenig wie er selbst.

Samstag, den 22. Januar

Endlich hatte Monsieur Pival wieder Zeit. Es sind zwei lange Wochen seit unserem interessanten Nachhilfeunterricht vergangen. Aber wir haben alles nachgeholt! Im Übersetzen war ich diesmal sehr gut. Es handelt sich dabei um die Liebesaffäre eines jungen Griechen, der so schön wie ein Gott war, mit einer jungen Vestalin, die Jungfrau bleiben mußte. Er war unsterblich in sie verliebt. Sie versuchte, sich Ersatz mit kleinen Vergnügungen zu verschaffen – die mir alle schon bekannt waren. Der Oberpriester schöpfte Verdacht, und in Anwesenheit seiner Kollegen prüfte er, ob sie noch eine Jungfrau sei.
Monsieur Pival hielt an dieser Stelle inne, und mit einer seltsam gepreßten Stimme fragte er mich: »Hast du den Sinn verstanden?«
Ich nickte mit dem Kopf, ohne daß ich es wagte, ihn anzublicken.
»Was hältst du davon?« fuhr er fort.
Was sollte ich antworten? Ich ließ ihn reden.
»Du siehst«, sagte er, »die Frage nach der Jungfräulichkeit wurde auch im Altertum gestellt. Aber weshalb verlangt man heute, daß ein junges Mädchen bis zur Hochzeit ihre Jungfräulichkeit bewahrt? Das bedeutet doch, daß sie die besten Jahre ihres Lebens opfern muß. Übrigens ist die erzwungene Keuschheit für ein junges Mädchen verderblicher als andere Gefahren.«
In geschickter Weise gab er mir zu verstehen, daß man unter den herrschenden Umständen die Vorurteile der Gesellschaft akzeptieren müsse. Aber ein junges Mädchen sollte sich vom Beginn ihrer Jugend an wie die junge Vestalin nach Ersatzbefriedigungen umsehen. Er zitierte

eine Passage aus dem Werk des deutschen Autors Fischer: »Es ist üblich, daß sich bis zu einem gewissen Grad die Mädchen das Recht auf Ersatzbefriedigung herausnehmen. Aber der Anstand, den die Moral vorschreibt, erlaubt es mir nicht zu sagen, bis zu welchem Grad.«
Diese freimütige Meinung wird in dem Buch mit dem Titel »Über die Probenächte« vertreten.
Monsieur Pival ist wirklich sehr gebildet. Inzwischen wurde es mir heiß, und ich rutschte auf meinem Stuhl hin und her.
»Das heikle Problem besteht darin«, fuhr mein Lehrer fort, »eine vertrauenswürdige Person zu finden, die vernünftig genug ist, nicht die Grenzen der Ersatzbefriedigung zu überschreiten.«
Das war die Theorie Andrées, aus diesem wichtigen Grund sollte man junge Männer meiden und ältere Männer vorziehen. Jeder vernünftige Mensch mußte dem zustimmen. Aber ich hütete mich, Monsieur Pival zu sagen, daß eine seiner Schülerinnen diesbezüglich völlig seiner Meinung war.
Obwohl sich meine Erregung noch nicht gelegt hatte, fuhr ich in der Übersetzung fort: »Unter ihnen gab es eine keusche Frau...«
Monsieur Pival schob seinen Arm hinter meinem Rücken auf die Stuhllehne. Für einen Augenblick legte er die Hand auf meine Schulter und streichelte meine Haare. Dann wanderten seine Finger über meinen Nacken. Diese Berührungen erregten mich sehr. Plötzlich griff er unter meinen Pullover und fuhr mit seiner Hand über meine nackte Schulter. Mehr wagte er nicht. Ohne Zweifel dachte er, daß er schon die Grenze erreicht hatte, die ein Mädchen bei der Ersatzbefriedigung nicht überschreiten sollte. Indem er mich fest an sich drückte, sagte er nur: »Genug für heute!«

Als ich mich zitternd erhob, ermahnte er mich noch: »Das alles muß unter uns bleiben!«
Als ob ich den Mut hätte, es irgend jemandem zu erzählen!

Dienstag, den 25. Januar

Monsieur Edgar schickte mir einen zweiten Brief zu:

> Wenn Du nicht bei mir die Fotografien abholst, gebe ich sie einem meiner Freunde, welcher der Direktor einer großen Illustrierten ist. Wenn man Dich dort erkennt, könnte das sehr schlimm für Dich werden. Doch ist das dann Dein Fehler.

Mittwoch, den 26. Januar

Ich bin so aufgeregt, daß ich meine dritte Injektion vergessen habe. Was soll ich machen? Soll ich Monsieur Edgar besuchen? Ich sehe keinen Ausweg. Ich glaube, daß alles vielleicht gut ausgeht, wenn ich ein wenig warte.

Donnerstag, den 27. Januar

Ich bin sehr getadelt worden, weil ich nicht zu dem Doktor gegangen bin. Meine Tante brachte mich selbst dorthin, und er war ein wenig überrascht, als er sie sah. Er war dann auch kurz angebunden, machte kaum den Mund auf und schob nur den Ärmel meines Pullovers zurück, um mir die Spritze zu geben.

Ich dachte darüber nach, als ich wieder zu Hause war. Weshalb mußte ich beim letztenmal mein Hemd ausziehen, obgleich er mir die Injektion geben konnte, indem er einfach einen Ärmel zurückschob? Hatte er mich interessant gefunden? Ich denke erregt darüber nach. Wenn ich ihm gleichgültig bin, wie soll ich mir dann seine abweisende Haltung gegenüber meiner Tante erklären?
Beim Einschlafen dachte ich darüber nach und freute mich, mir vorzustellen, daß am nächsten Mittwoch...
Während meines kurzen, einsamen Vergnügens erschien mir die finstere Gestalt von Monsieur Edgar nicht mehr.

Freitag, den 28. Januar

Als ich die Schule verließ, machte ich einen Umweg, um vor Monsieur Edgars Schaufenster vorbeizugehen. Sein Geschäft im Parterre war erleuchtet. Vielleicht hatte er eine Kundin, die er ganz nackt fotografierte? Vielleicht war sie eine richtige Frau und attraktiver als ich! Bei diesem Gedanken zog sich mein Herz zusammen. Bin ich eifersüchtig? Es dauerte noch sechs Tage, bis ich ihn wiedersah.

Samstag, den 29. Januar

Ich zeige Monsieur Pival die kalte Schulter, und der arme Mann scheint sich zu ärgern. Deshalb beschäftigten wir uns mit der Aeneis und nahmen die Hälfte von Buch 8 durch. Ich machte Fehler über Fehler. Meine Gedanken waren anderswo.

Dienstag, den 1. Februar

Morgen! Wie langsam die Zeit vergeht!

Mittwoch, den 2. Februar

Ich mache mich auf den Weg zum Doktor, aufgeregt und ein wenig besorgt. Als ich läute, öffnet er die Tür mit einer zerstreuten Miene, die mich beunruhigt.
»Bist du heute allein?«
»Ja«, gab ich zur Antwort.
Ich fühlte mich verpflichtet, noch hinzuzufügen: »Beim letztenmal habe ich alles versucht, meine Tante loszuwerden. Glauben Sie, daß das einfach war?«
Er sah mich an, und sein Lächeln kam wieder zum Vorschein. Dann ergriff er mich bei der Schulter und schüttelte mich ein wenig.
»Seltsames kleines Mädchen!«
Er starrte auf meine Brüste, die unter meinem Pullover anschwollen. In einem seltsamen Ton sagte er zu mir: »Ich werde dir eine Spritze in den Oberschenkel geben. Trotzdem, zieh ihn bitte aus!«
Er meinte meinen Pullover. Ohne zu zögern zog ich ihn aus und schob das linke Schulterband meines Hemdes herunter. Er holte seine Spritze aus einem kleinen Schrank und zog selbst das andere Schulterband zurück. Ich sah ihn an. Unsere Augen begegneten sich, und ich bemerkte, wie er anfing, unruhig zu werden, obgleich er doch große Erfahrung mit Frauen hatte.
Zärtlich streichelte er meine kleinen Brüste.
»Sie sind sehr schön! Wie nennst du sie?«

»Ich schlage vor: ›Titti und Tatti‹.«
Er lachte. Ich geriet immer mehr in Erregung.
»Wir wollen sie sogleich taufen!« rief er fröhlich, ging hinaus und holte eine Flasche Champagner. Der Korken knallte, der Schaum floß heraus. Er sah, daß er vergessen hatte, Gläser mitzubringen und bat mich, meine flache Hand über die Flaschenöffnung zu halten, während er die Gläser holte. Mit entblößten Brüsten machte ich das.
Schnell kam er zurück. Die goldfarbene Flüssigkeit schäumte. Er tauchte der Reihe nach meine Brüste in sein Glas, dann trank er es aus. Ich machte dasselbe. Noch bevor der erste Schluck in meine Kehle hinunterlief, glaubte ich schon beschwipst zu sein.
Er packte mich an meiner Schulter und drückte mich an sich. Als mich seine Hand berührte, geriet mein Blut in Wallung. Dann beugte er sich nieder, gleichsam, als ob er meinen Herzschlag hören wolle, doch er küßte nur meine zwei steifen Brustwarzen. Das Kitzeln war köstlich.
»Das ist noch nicht alles! Wir müssen an die Arbeit gehen!« sagte er.
Ich mußte mich auf den Diwan niederlegen. Er selbst schob meinen Rock hoch und zog ihn vollständig zurück. Dann hob er mich hoch, um besser meine Unterwäsche ausziehen zu können. Meine Beine lagen unbedeckt vor ihm. Nun wandte er sich meinen Strümpfen zu und küßte sie beide. Wollte er mir eine Spritze in beide Oberschenkel geben? Er drückte meine Haut ein wenig. Die fertige Spritze lag auf dem Tisch bereit, doch er betastete jetzt meine Oberschenkel auch innen. Das fand ich himmlisch.
»Deine Unterhose stört mich! Erlaubst du?«
Ich gab keine Antwort. Schon hatte er sie bis zu meinen Füßen heruntergezogen, nahm sie mir weg und küßte sie.

»Wie schön sie ist!«

Ich wartete regungslos und in einem köstlichen Zustand von Ungeduld, den ich mich bemühte unter Kontrolle zu halten. Schon zog er mein Hemd hoch und betastete mit seinen Fingern meinen kleinen, flachen Bauch. Zwar hatten mich schon Ärzte auf diese Weise untersucht, aber niemals hatte mich das so sehr erregt. Seine schönen, schmalen Finger streichelten mein gekräuseltes Vlies. Er schaute mich an. Ermutigten ihn meine Augen! Seine Hand drang weiter vor. Oh! Diese Berührung! Unwillkürlich öffnete ich meine Beine! Er streichelte mich, tat aber weiter nichts.

»Wie alt bist du?« fragte er mich plötzlich.

»Siebzehneinhalb Jahre!« antwortete ich mit trockener Kehle.

»Nun, dann bist du eine richtige Frau!«

Er setzte seine erregenden Liebkosungen fort, und auch seine andere Hand blieb nicht untätig. Sie fuhr über meine Brust und drückte Titti und Tatti, die beide völlig entblößt waren.

Als er merkte, daß ich sehr erregt war, legte er seinen Kopf zwischen meine Beine und liebkoste mich. Es war himmlisch und köstlich! Selbst mein Onkel hat mich vorher nicht so glücklich gemacht. Er ging dabei sehr ruhig und mit großer Selbstbeherrschung vor. Ich merkte, daß er genau wußte, wo junge Mädchen die schönsten Gefühle empfinden.

Es war bereits zwei Uhr, als ich völlig befriedigt aufstand. Die Schule!

»Eil dich!« sagte er, indem er mir beim Anziehen meines Pullovers half. »Sag deiner Tante, daß ich kein Serum mehr hatte. Du kommst wieder. Warte einen Moment! Freitag? Ja, Freitag zur selben Zeit!«

Ich hätte beinahe meine Unterhose vergessen. Er zog sie mir an, wobei er die Gelegenheit ergriff, mich noch ein- oder zweimal zu küssen. Dann brach ich glücklich auf; mein Herz zerplatzte beinahe vor Freude. Ein solches Gefühl hatte ich niemals zuvor empfunden.

Freitag, den 4. Februar

Monsieur Edgar lief mir nach. Andrée, die Verdacht schöpfte, machte mir eine schreckliche Szene. Aber das ließ mich gleichgültig! Es war halb zwölf. Noch 90 Minuten – ich mußte nur neunzigmal bis 60 zählen –, dann würde ich bei ihm sein.

Die Lüge von dem fehlenden Serum hatte wunderbar gewirkt. Doch jetzt schien die Zeit zu schleichen. Oh, diese Geologiestunde! Wie sehr tat mir der Kopf weh! Ich hörte überhaupt nicht zu und drückte nur meine Schenkel zusammen, gleichsam als ob ich so meine Begierden befriedigen wollte. Doch ich bewirkte nur, daß sie noch größer wurden.

Schließlich gingen wir in den Hof. Fünfzehn Minuten Erholung vor dem Essen. Wieder etwas Stumpfsinniges! Dann saßen wir im Speisesaal, doch mein Magen war zu, so daß ich nichts essen konnte.

Ich stand auf, bevor der Nachtisch serviert wurde. Der Lehrer, der die Aufsicht führte, war erstaunt.

»Ich muß zum Doktor! Hier ist das Schreiben meiner Tante!«

Der Zerberus ließ mich gehen, und ich rannte zum Schrank. Meine Eile war so groß, daß ich meine Baskenmütze erst aufsetzte, als ich beim Schulpedell vorbeiging. Ich mußte haltmachen, und wiederum zeigte ich das Schreiben meiner Tante vor.

O dieser Hausmeister! Ich hätte ihm am liebsten eine Ohrfeige gegeben! Schließlich war ich draußen und lief die Straße entlang.

Endlich stand ich an seiner Haustür. Ich fuhr mit dem Lift hinauf und läutete an seiner Klingel. Er nahm sich Zeit, bis er die Tür öffnete. Schließlich stand vor mir. Ich warf mich in seine Arme. Er war zwar überrascht, doch gleichzeitig auch erfreut.

Ich war es, der ihn in seinen Behandlungsraum führte. Während er die Tür verschloß, zog ich mit Freuden meinen Pullover aus. Mein Kleidchen fiel zu Boden, und ich zog mein Hemd aus, weil ich völlig nackt sein wollte. Er ließ mich gewähren, und als mein letztes Kleidungsstück zu Boden gefallen war, sprang ich auf seine Knie. Er küßte mich. Seine Zunge drang in meinen Mund ein, aber ich stieß sie zurück, und statt dessen bahnte sich meine Zunge einen Weg in seinen Mund.

Seine Hand bemächtigte sich meiner Brüste. Ich öffnete meine Beine und lenkte seine Finger. Aber er weigerte sich, mich zu berühren.

»Mein Kleines«, sagte er mit würdevoller Stimme, »verlange das nicht von mir. Das führt zu nichts! Ich spreche zu dir als Arzt! Du wirst am Ende ein nervöses Wrack sein!«

Diese Worte waren für mich eine kalte Dusche. Wie? Hatte er keine Lust mehr? Hatte er all seine Zärtlichkeiten, hatte er Titti und Tatti und das Champagnerbad vergessen? Ich mußte meine nackten Beine übereinanderschlagen. Dann legte er seine Hand um meine Taille und schaute mir in die Augen.

»Sollen wir es einmal richtig machen?«

»Richtig machen – wie?«

Ja, ich verstehe, er meinte den letzten Schritt, wie sich

Andrée ausdrückte. Ich hatte dieses Angebot nicht erwartet und zögerte. Vielleicht würde ich schwanger!

Das brachte ihn zum Lachen.

»Da besteht keine Gefahr! Man kann Vorkehrungen treffen! Gründliche Waschungen oder einen Gummi!«

»Gummi?«

Er sagte mir, was dies ist. Es richtig machen? Nun gut, wenn er darauf bestand!

»Mein Kleines, willst du?« sagte er mit heißer Stimme zu mir.

»Ja!« entgegnete ich leise.

Kaum hatte ich dies gesagt, da hob er mich wie eine Feder hoch, legte mich auf den Diwan und schob mir ein Kissen unter meinen Rücken.

»Hebe deine Beine so hoch! Nein, nein, so nicht! Beuge deine Knie!«

Meine Augen waren geschlossen! Ich erfüllte alle seine Wünsche, und er legte sich auf mich.

»Sei nicht so verkrampft! Du wirst sehen, das ist alles nicht so schlimm!«

Plötzlich läutete die Glocke. Er horchte, wollte wohl aber schnell zum Höhepunkt kommen. Sein Gewicht drückte mich nieder, und ich konnte kaum atmen. Meine Erregung wurde allmählich geringer.

Jemand klopfte an die Tür. Gott sei Dank war sie verschlossen.

»Wer ist da?« rief er wütend.

»Madame J. ist hier«, sagte das Dienstmädchen.

Meine Tante!

»Ich habe ihr erzählt, daß ihre Nichte bei Ihnen ist«, fuhr das Mädchen fort.

Der Doktor sprang mit einem Satz auf. Zitternd vor Furcht

machte ich dasselbe. Welch ein Unglück! Wir waren erledigt! Es wurde unaufhörlich an die Tür geklopft, und jeder Schlag dröhnte in meinem Kopf wie ein Gong.
Doch er verlor seine Selbstkontrolle nicht und schob mich in ein kleines Vorzimmer. Dann warf er mir meine Kleider zu und flüsterte: »Beeil dich!«
Als er die Tür verschloß sah ich, wie er seine Hose zuknöpfte.
Er öffnete die Tür, meine Tante stand davor.
»Micheline?« fragte sie.
»Haben Sie keine Angst! Ich habe ihr eine Injektion gegeben. Aber es kam zu Komplikationen!«
»Zu Komplikationen?«
»Sie hatte kurz zuvor eine Mahlzeit zu sich genommen! Eine kleine Übelkeit! Nichts Beunruhigendes!«
Ich hatte verstanden. Schnell zog ich mein Hemd an und zog meine Strümpfe hoch.
Als sie ins Nebenzimmer gingen, führten sie folgendes Gespräch: »Sie wissen, Herr Doktor, daß Micheline sehr oberflächlich ist. Sie ist noch ein richtiges Kind! Ich fürchte, daß sie es manchmal versäumt, in Ihre Sprechstunde zu kommen.«
»O Madame!«
Meine Tante, die nicht wissen konnte, daß ich zuhörte, als ich mein Kleid zuknöpfte, fuhr fort: »Ich meine, daß sie sich seit einiger Zeit seltsam benimmt! Deshalb habe ich ein wachsames Auge auf sie. In ihrem Alter...«
In sehr geschickter Weise beruhigte er sie.
»Ihre Nichte ist ein ganz entzückendes Mädchen. Ich kann Ihren Verdacht nicht verstehen.«
»Ich möchte gern Ihren Rat als Arzt haben!«
»Sicher, mit Vergnügen! Sie haben noch lange nichts zu

befürchten. Micheline ist die Unschuld in Person. Sie läßt sich kaum die Ärmel hochziehen, damit ich ihr die Injektion geben kann . . . «

»Es ist besser, sich rechtzeitig Sorgen um ein kleines Mädchen zu machen! Die Tatsache, daß sie bei Ihnen ist, beruhigt mich!«

Ich war fertig und setzte eine Miene auf, die den Umständen entsprach. Dann kam ich aus meinem Versteck heraus.

»Fühlst du dich noch unwohl?«

»Ich denke, die Übelkeit ist vorbei!« sagte ich mit zitternder Stimme. »Weshalb sind Sie hier, Tantchen?«

Diese scheinheilige Bemerkung erstaunte den Doktor, ich bemerkte aber seinen aufmunternden Blick. Meine Tante bedankte sich bei ihm überschwenglich. Sie fragte ihn sogar, ob er nicht zu Hause bei ihr die Injektionen geben wolle, auch wenn dies mehr kosten würde. Welch eine Katastrophe! Das wäre sehr schlecht!

Ich hängte mich bei meiner Tante ein, und wir gingen weg. Gerettet! Ich bin noch einmal davongekommen! Aber ich wußte, daß ich jetzt beobachtet wurde. Ich darf mich nicht ertappen lassen. Übrigens wünsche ich nicht länger . . . Ich will es jetzt gut sein lassen!

Dienstag, den 8. Februar

Andrée wünschte während der Pause ein klärendes Gespräch mit mir. Ich würde nämlich ihrem Edgar nachlaufen! Dieser elende Kerl hat ihr tatsächlich, wie ich glaube, etwas erzählt. Auf jeden Fall hat sie meine Fotografie gesehen. Hat er ihr auch erzählt, was danach passierte? Ich konnte es nicht herausfinden. Im übrigen hielt ich es für klug, sie

nicht danach zu fragen, sondern versicherte ihr in aufrichtigem Ton, der alte Mann würde mich überhaupt nicht interessieren und sie könne ihn meinetwegen allein haben.
»Aber hast du ihm nicht einen Besuch abgestattet? Gebrauche keine Ausreden!«
»Ja, ich habe ihn besucht, um ihm dein Schreiben zu geben. Was hätte ich denn anderes machen sollen?«
»Es schien mir so, als ob...«
»Ich kann nichts dafür. Ganz überraschend fotografierte er mich. Aber sonst passierte zwischen uns nichts.«
»Ist das die Wahrheit?«
»Ja, ich kann es nur noch einmal wiederholen!«
Meine Freundin schien lange Zeit in Gedanken versunken zu sein, dann brach sie das Schweigen, das peinlich zu werden begann: »Edgar will dich auf jeden Fall wiedersehen! Er besteht darauf, daß ich dich in sein Haus bringe! Ich werde ihm gehorchen! Überrascht dich das? Für ihn mache ich alles!« Dann fügte sie mit leiser Stimme hinzu: »Ich habe mich ihm ganz hingegeben... Du weißt schon, was ich meine! Und er will mich heiraten. Ich werde meine Eltern zwingen, unserer Heirat zuzustimmen.«
Darüber komme ich nicht hinweg! Andrée soll die Frau dieses Wracks werden? Aber sie gab mir keine Gelegenheit zu einer Antwort.
»Um ihn nicht zu verlieren«, fuhr sie fort, »unterwerfe ich mich gänzlich seinem Willen. So, Micheline, wir wollen ihn nun gemeinsam besuchen. Du wirst nichts zu befürchten haben.«
Ich ließ jedes einzelne Wort auf der Zunge zergehen: Ich hatte nichts zu befürchten? Allerdings hatte ich Angst, daß mir meine Tante folgen könnte.
»Jetzt nicht!« sagte ich. »Ich werde daheim genau kontrolliert. Sie haben Verdacht geschöpft.«

»Was vermuten sie denn?«
»Oh, nichts! Ein Abenteuer mit einem Mann, den du nicht kennst. Deshalb muß ich vorsichtig sein.«
»Na schön! Du hast doch bestimmt an irgendeinem anderen Tag Zeit?«
Ich zögerte, aber Andrée bat mich so sehr, daß ich Mitleid mit ihr hatte. Ich versprach es ihr.

Dienstag, den 22. Februar

Ich habe 15 Tage lang in meinem Tagebuch keine Eintragung gemacht. Ich hatte viel Arbeit... Schulaufsätze! Außerdem gab es nichts Interessantes aufzuschreiben. Meine Tante holte mich dreimal nach der Schule ab. Sie konnte sich nur schlecht verstellen, aber ich war nicht so töricht, daß ich mir etwas anmerken ließ. Ich ging wie ein ordentliches Mädchen neben ihr her, und allmählich verschwanden die Wolken am Horizont.
Anstelle von Furcht empfand ich Langeweile. Meinen Doktor sah ich nicht mehr; unter irgendeinem Vorwand mußte einer seiner Assistenten ihn vertreten. Die Spritzen haben ihren Reiz verloren, besonders weil man sie mir zu Hause unter der Aufsicht meiner Tante gab.
Es blieb mir nur noch Monsieur Pival, der aber schmollte mit mir und interessierte mich auch nicht. Ich denke an einen Besuch bei Monsieur Edgar! Andrée ist vollständig verrückt geworden. Gestern hat sie mich erneut gebeten. Vermutlich werde ich gehen. Ich will die Fotografie zurückhaben und sie dann vernichten.
Wie traurig und unglücklich bin ich. Sogar Roger kreuzt seit einiger Zeit nicht mehr meine Wege. Jetzt wäre er mir gerade recht. Aber es ist immer dasselbe...

Ich denke, ich bin ein wenig aus der Bahn geraten!

Donnerstag, den 24. Februar

Andrée holte mich ab, und meine Tante ließ mich mit ihr gehen. Wir gaben vor, mit Madame M. einkaufen zu wollen, doch ich wußte, daß Andrées Mutter gar nicht da war. Anstatt einkaufen zu gehen, gingen wir zu Monsieur Edgar.

Jawohl, ich tat es. Doch weiß ich nicht, warum. Die jungen Männer, denen wir begegneten, lächelten uns an. Ich hörte, wie sie uns Komplimente machten, und drei von ihnen folgten uns. Wenn sie nur wüßten, wohin wir gingen!

Andrée schlug ihnen die Tür vor der Nase zu. Der Lift brachte uns zu Monsieur Edgars Junggesellenwohnung. Er öffnete uns die Tür persönlich und schien nicht überrascht zu sein, mich zu sehen. Sein selbstbewußtes Verhalten hätte ihn mir unsympathisch gemacht, wenn ich ihn nicht schon seit längerer Zeit unsympathisch gefunden hätte – mehr noch, ich fand ihn widerwärtig.

Wir gingen in den kleinen Raum, wo ich vorher schon einmal gewesen war. Der gleiche Duft lag in der Luft, und dieselben Blumen, so schien es mir, verwelkten in ihren Vasen. O dieser schreckliche alte Mann, der so schmutzig ist, daß er diese Blumen in seiner Höhle verwelken läßt, wohin niemals die Sonne dringt. Die Sonne! Fürchtet sich dieser elende alte Vogel vor ihr? Ich blickte ihn an und kam nicht umhin, ihn mit einer Eule zu vergleichen. Er hatte dieselbe Hakennase und dieselbe Kopfform.

Von meinen wenig schmeichelhaften Gedanken bezüglich seiner Person schien er nichts zu ahnen. Er füllte drei Gläser und gab mir eines. Wieder dieser Likör! Puh! Ich glaubte, daß ich ihn niemals mehr herunterschlucken könnte und nippte nur daran, während er Andrées Taille umfaßte. Was? Hoffentlich geht er nicht weiter! Er liebkoste meine Freundin, die sehr traurig zu sein schien.

Dann sagte er mit seiner hohen Stimme: »Ich danke dir, mein Liebling! Ohne dich wäre diese unartige Micheline nicht hier!«

Er packte mich an meiner Schulter und zog mich an sich, so daß wir beide neben ihm saßen. Kühn umschlang er die Taille Andrées. Knöpfe wurden geöffnet, ihre Brust war entblößt. Doch sogleich fiel mir auf, daß die Brüste Andrées nicht kegelförmig wie die meinigen sind, sondern rund und herabhängend. Die Warzen sind sehr groß und sehen nicht sehr schön aus.

Nun wandte sich Monsieur Edgar mir zu und versuchte, meine Brüste zu entblößen. Ich leistete Widerstand, doch Andrée half ihm. Verblüfft sah ich, wie sie mir den Pullover auszog. Während meine Arme sich in den Ärmeln verfangen hatten, schüttete mir Monsieur Edgar gewaltsam ein Glas Likör in den Mund. Ich mußte seinen Inhalt hinunterschlucken, würgte und hustete... Mein Kopf wurde mir heiß, und ich spürte, wie sich eine seltsame Wärme in meinem ganzen Körper ausbreitete.

Monsieur Edgar nahm Platz, und ich mußte mich auf eines seiner Knie setzen, Andrée auf das andere. Dem Lump gefiel es sehr, daß wir ihm beide mit entblößten Brüsten ausgeliefert waren. Seine Hände wurden aktiv, seine Berührungen frecher. Andrée lehnte sich an seine Schulter und verbarg ihr Gesicht. Sie keuchte und seufzte, während er sie und mich zärtlich streichelte. Doch konnten die Krallen dieser alten Eule nicht die doppelte Barriere aus

meiner Unterhose und meinen zusammengepreßten Beinen durchdringen.
Erregt stand er auf, um Andrée völlig auszuziehen. Ich erinnere mich nicht, ein Mädchen meines Alters völlig nackt gesehen zu haben. Doch dann beschäftigte er sich auf einmal wieder mit mir. Und Andrée war mutig genug, ihm zu helfen. Ich glaubte dahinzuschmelzen. Der Likör brannte in mir. Vier Hände berührten mich, mein Hemd fiel zu Boden, und ich lag, ohne es zu merken, plötzlich auf dem Diwan. Andrée lag ebenfalls dort und Monsieur Edgar zwischen uns beiden. Meine Freundin öffnete den Schlafrock des alten Mannes. Er war darunter völlig nackt. Beinahe hätte ich geschrien. Wie häßlich war er doch! Aber ich hielt mich rechtzeitig zurück.
Andrée beschäftigte sich nun intensiver mit einem gewissen Körperteil von Monsieur Edgar. Ich starrte meine Freundin an und erkannte sie nicht wieder. Tatsächlich besaß dieser Mann eine außerordentliche Macht über sie. In diesem Augenblick konnte er wohl alles mit ihr machen... Ich wußte nicht, wie lange das alles dann dauerte. Es war sehr spät, und ich zog mich wortlos an. Die beiden schienen völlig nackt eingeschlafen zu sein.
Aber ich wollte doch mein Foto zurückhaben und schüttelte Monsieur Edgar. Er setzte sich aufrecht hin. Sein Haar war in Unordnung und sein Gesicht schrecklich anzusehen. Wir beide boten einen seltsamen Anblick: Ich war ein junges, korrekt gekleidetes Mädchen, und er nackt wie ein Baby und mehr als abstoßend.
Es dauerte eine Zeitlang, bis er verstand, was ich wollte. Als ich ärgerlich wurde, gab er mir endlich das Negativ und einen Abzug.
Das Foto zeigte mich mit zurückgeschlagenem Rock. Meine

langen Beine, die in Strümpfe gehüllt waren, und der Saum meiner Unterhose waren zu sehen. Ich zerriß die Fotografie und zerstückelte das Negativ, bis nichts mehr übrigblieb als kleine Stücke auf dem Teppich.

Dann ging ich weg.

Als ich draußen war, fühlte ich mich sehr schwach und mußte mich auf eine Bank setzen. Ich kam auf den Gedanken, daß ich in das Album hätte sehen sollen, ob sich vielleicht noch eine andere Aufnahme von mir darin befand.

Wie ärgerlich! Ich will gar nicht daran denken! Ich zitterte, und mir war kalt. Nieselregen fällt auf die Schultern der Passanten, die vorbeihasten.

Ich mache dasselbe wie sie und eile nach Hause.

»Das Einkaufen hat dich wohl sehr ermüdet!« rief meine Tante, als ich sie bat, schon vor dem Souper ins Bett gehen zu dürfen.

Mittwoch, den 9. März

Ich habe meine alte Heiterkeit zurückgewonnen. Erlöst von dem Kummer mit dem Foto, habe ich nur noch einen Wunsch, Monsieur Edgar aus meinem Gedächtnis zu löschen. Zweimal habe ich auf meinem Schulweg Roger gesehen. Beim zweiten Mal überquerte er eilig die Straße. Als er auf mich zukam, wandte er sein Gesicht ab und erweckte den Anschein, als ob er in eine andere Richtung schaue.

Plötzlich war ich von ihm ganz eingenommen. Sein frischer Teint, seine Jugend und seine stolze Haltung gefielen mir. Falls er mich wieder ansprechen sollte, vielleicht...

Freitag, den 11. März

Minette, ein junges Mädchen aus der fünften Klasse, stand in der Pause bei mir. Mit Andrée spreche ich nicht mehr, wir meiden uns beide. Minette ist noch keine 15 Jahre alt. Sie ist sehr aufgeweckt und hübsch und spricht sehr viel. Auch sie hält Andrées Theorie bezüglich der alten Männer für richtig. In ihrer Nachbarschaft wohnt ein Maler, der 60 Jahre alt ist. Minette ist sehr in ihn vernarrt.
Armes Kind!
Welch eine triumphierende Miene stellte sie zur Schau, als sie ankündigte, sie würde am nächsten Donnerstag nackt vor ihrem Künstler posieren. Sie wird bald klüger sein. Hoffentlich ist sie dann noch eine Jungfrau!

Samstag, 12. März

Unterricht bei Monsieur Pival!
Eine unwichtige Übersetzung. Der Lehrer rutschte unruhig auf seinem Stuhl hin und her, gleichsam als ob er sich unschlüssig sei, mir etwas zu erzählen.
Bevor ich ging, entschied er sich.
»Mein Kleines«, sagte er mit unterdrückter Stimme, »ich habe ein altes Lateinbuch gekauft, das ich mit dir durchgehen möchte. Aber ich kann es nicht mit hierher bringen! Du kennst sicherlich den Grund!«
Ich erriet ihn.
»Wenn du willst, findet der nächste Unterricht bei mir zu Hause statt. Aber nicht am Samstag, sondern am Donnerstag. Ich würde deinen Eltern schriftlich mitteilen, daß ich am Samstag anderswo beschäftigt bin. Natürlich darfst du den wahren Grund für den Tausch nicht nennen.«

Den wahren Grund! Wahrscheinlich ist es nicht das Buch, wenngleich es sehr interessant sein mag. Monsieur Pival wünscht mich zu liebkosen und wagt dies nicht beim Unterricht zu tun. Wenn ich zustimme, denkt er, daß er alles mit mir machen kann. Welch eine Wirkung übt doch ein junges Mädchen auf einen älteren Mann aus! Doch dieser Mann sieht jeden Tag Dutzende von Mädchen. Weshalb hat er mich ausgewählt?
»Nun, was meinst du?«
Ich muß »Ja« oder »Nein« sagen. Was macht es mir nach all dem aus, mich von ihm liebkosen zu lassen? Einer mehr oder weniger ist unwichtig. Nur darf er nicht zu weit gehen! Die Prüfung findet in zehn Tagen statt. Wenn ich keine guten Noten bekomme, wird meine Tante an meinen Vater schreiben, das hat sie mir schon warnend mitgeteilt. Und dann ...
»Gut!« sagte ich so kaltschnäuzig zu Monsieur Pival, daß es ihm die Sprache verschlug.

Sonntag, den 13. März

Ich lief hinunter, um mich um die Austern zu kümmern, denn der Fischhändler hatte sich verspätet. Als ich zur Tür hinausging, stieß ich beinahe mit Roger zusammen. Wartete er auf mich? Ich ging sehr langsam in Richtung des Fischhändlers. Er folgte mir. Gleichsam zufällig wandte ich mich an einer Straßenecke um. Er war hinter mir.
»Micheline!«
Ich hielt an.
»Micheline, ich würde gern ... !«
Er schwatzte, stammelte und konnte seinen Satz nicht

beenden. Ich sah ihn verächtlich an, und mein Lächeln brachte ihn vollends aus der Fassung.
»Ich muß einen sehr dummen Eindruck auf Sie gemacht haben!«
»Weshalb? Nein, bestimmt nicht, mein armer Freund!«
»Micheline, höre mir bitte zu, ich will zur Sache kommen! Ich liebe dich sehr! Du hast dich geweigert, meine Geliebte zu werden, und seitdem ... bete ich dich an!«
Ich lachte nicht mehr. Ich war zu aufgeregt und senkte meine Augen. Zum ersten Mal in meinem Leben hatte jemand auf diese Weise zu mir gesprochen, und ich wartete mit prickelnder Ungeduld, wie es wohl weiterginge.
»Micheline, bist du damit einverstanden, daß wir heiraten?«
Oh, ich war ganz schön erstaunt! Er traute sich ziemlich viel zu.
»Mein lieber Roger, das geht ohne meine Eltern nicht!«
»Ich werde sie besuchen und mein Möglichstes tun!«
»Weißt du, wie alt ich bin?«
»Hast du nicht gesagt, 18 Jahre?«
»Ich bin erst siebzehn alt!«
Er wußte nicht, was er sagen sollte.
»Das Gesetz erlaubt eine Heirat erst mit 21 Jahren«, flüsterte er wie zu sich selbst. »Aber ich kann warten!«
Ich wollte gerne meine Arme um seinen Nacken legen. Schelmisch sagte ich, indem ich ihm in die Augen sah: »Willst du ohne eine Geliebte warten?«
»O Micheline, ich sehe, du verstehst nicht, was du für mich bedeutest.«
Die Kirchturmuhr schlug zwölf.
Meine Austern!
»Ich muß gehen«, sagte ich zu ihm, indem ich ihm die Hand gab.

»So früh schon?«
»Ja, leider!«
»Können wir uns wiedersehen? Wir könnten uns dann länger unterhalten!«
»Komm am Abend um sechs Uhr an meine Schule! Du weißt ja, wo sie ist!«
»Ich verreise morgen und werde erst am Wochenende zurück sein. Wie wäre es am Samstag?«
»Da habe ich Lateinunterricht! Doch den kann ich vielleicht verschieben.«
»Also – am Samstag!«
Ich gab ihm die Hand und rannte erleichtert weg. Mein Herz erfüllte ein seltsames Gefühl der Glückseligkeit.

Dienstag, den 15. März

Gestern brachte ich das Gespräch auf Ehe und Heirat. Meine Tante meinte, daß ein junges Mädchen bis zu ihrem 20. Lebensjahr warten solle, ehe sie sich nach einem Ehemann umsähe. O weh! Das waren keine guten Aussichten. Aber wenn Roger meinen Vater fragen würde...

Donnerstag, den 17. März

Von sechs bis sieben Unterricht im Haus von Monsieur Pival.
An diesem Morgen nahm ich während der Abwesenheit meiner Tante ein Bad. Ohne ihr etwas zu sagen, zog ich ein rosarotes Hemd an, das mir mein Onkel aus Algerien geschickt hatte. Ich wollte nicht meinen üblichen Pullover

tragen, denn wenn es notwendig sein sollte, ihn auszuziehen, würde ich meine Frisur in Unordnung bringen. Mein blaues Sonntagskleid war mehr als vornehm. Meine Tante bemerkte dies sofort und gab ihren Kommentar dazu, aber ich versicherte ihr, daß ich, wenn ich zu Monsieur Pival gehe, nicht sehr gut etwas anderes anziehen könne.

»Nun gut!« sagte sie. »Du gehst um sechs Uhr! Ich werde dich begleiten!«

Welch eine Katastrophe!

»Willst du bleiben und am Lateinunterricht teilnehmen?«

»Nein, ich gehe zu der Schneiderin, die ganz in der Nähe des Hauses deines Lehrers wohnt. Ich werde dich an der Tür verlassen.«

Welch eine Erleichterung!

Bevor ich wegging, verschaffte ich mir noch einen Tropfen Parfüm. Aber ich benutzte so wenig, wie es sich für ein junges Mädchen gehört.

Nun war ich im Haus meines Lehrers.

Er lebt allein. Nur ein betagtes Dienstmädchen war noch im Hause, die mich mit nicht allzu freundlicher Miene anschaute. Als ob mir das Angst einjagen könnte! Überall waren Bücher. Nichts als Bücher! Unmöglich konnte Monsieur Pival all das gelesen haben.

Er kam herein, war die Freundlichkeit selbst und bat mich, Platz zu nehmen. Meinen Mantel zog ich selbst aus. Monsieur Pival ist nicht sehr galant. Wahrscheinlich hat er keine gute Erziehung genossen.

Das berühmte Buch lag auf dem Tisch. Er schlug es auf, während er sich ganz nahe an mich heransetzte. Es enthält viele alte Kupferstiche. Viele sind sehr gewagt! Unter anderem wird ein Römer vollständig nackt in Gesellschaft von einem Dutzend Sklavinnen abgebildet.

»Es sind junge Mädchen deines Alters! Einige sind sogar noch jünger. Eine ist bestimmt erst 17 Jahre alt!«
Oh! In dieser Zeit waren die Mädchen wohl ziemlich frühreif!
Ich schlug meine Beine übereinander. Monsieur Pival zog die Jalousien herunter. Der große Raum war dunkel und warm. Nur die Schreibtischlampe erhellte die Seiten des Buches.
Er kam zurück und setzte sich noch enger als vorher neben mich. Sein rechter Arm streifte über meine Schultern, während er die andere Hand auf mein Knie legte. Ich wußte, was dies bedeutete. Da er mich noch für unschuldig hielt, ging er sehr geschickt vor. Diese Langsamkeit ärgerte mich, und ich drückte meine Beine noch fester zusammen.
Ich las. Seine Hand fuhr über meine Strümpfe auf und nieder. Er streichelte meine Oberschenkel. Nun gut! Monsieur Pival ist gar nicht so unangenehm! Ohne Zweifel hat er dies schon bei sehr vielen Schülerinnen gemacht.
Als dieses Streicheln mich schließlich erregte, wurde meine Kehle trocken, und ich hörte auf zu lesen. Er schien nicht überrascht zu sein und drückte mich an sich.
»Du weißt, meine kleine Micheline, ich liebe dich sehr!«
Kleine Micheline! Das hatte ich nicht erwartet!
»Du bist ein sehr intelligentes Mädchen! Und deine erwachenden Gefühle«, fuhr er fort, »sind für mich ein köstliches Rätsel!«
Was meinte er damit? Ich war zu aufgeregt, um dies genau zu begreifen. Aber ich wurde nicht allzu lange auf die Folter gespannt, bis ich erfuhr, wie er dieses besagte Rätsel lösen wollte. Ich mußte nämlich mein Kleid ausziehen.
Ich leistete ein wenig Widerstand, da ich glaubte, dies würde sich so gehören.

»Nur aus reiner Neugierde!« wie er mir versicherte.
In kurzer Zeit hatte ich mit rotem Gesicht – oh, dieses schreckliche Erröten – meinen Gürtel geöffnet. Er nutzte meine Haltung aus, hob den Saum von meinem blauen Kleid hoch und zog es über meine Schultern. Das war nicht sehr gut, denn mein ganzes Haar geriet in Unordnung. Doch er versicherte mir, ich würde so noch schöner aussehen.
Nun saß ich mit entblößten Schultern im rosaroten Hemd da. Er legte seinen Arm um meine Taille. Ich fühlte durch die dünne Seide, wie seine warme Hand mich drückte.
Wir gingen das Buch weiter durch, aber sehr zerstreut. Er war überhaupt nicht bei der Sache, und ich noch viel weniger.
»Erlaubst du mir das?« flüsterte er.
Seine Hand wurde kühner und drückte meine Brüste, indem er in das Hemd hineingriff. Ich fühlte, wie sie in seiner Hand lagen und wie er ihre Festigkeit prüfte. Seine Neugierde war ohne Zweifel noch nicht befriedigt, denn er bat mich, mein Hosenleibchen auszuziehen. Das bedeutete, daß ich keine Kleidungsstücke mehr anhatte, außer meinen Strümpfen, die von schwachen Strumpfbändern gehalten wurden. Ich zögerte ein wenig. Trotz meiner Erregung dachte ich zum erstenmal daran, daß ich ihm einige Schwierigkeiten machen müsse.
Ahnungslos sagte er: »Mein liebes Kind, gib deine Zurückhaltung auf! Ich bin – ich wiederhole es noch einmal – ein Philosoph und Psychologe, der das Recht hat, alles zu sehen.«
Seine Hände berührten meine Beine, um die drei Knöpfe zu öffnen, die mein Hosenleibchen zusammenhielten. Sachte und langsam entkleidete er mich und zog mir auch das Hemd aus Seide aus. Ich neigte gehorsam den Kopf.

Hier saß ich nun nackt neben meinem Lehrer. Er musterte und prüfte mich mit einem Interesse, das, wie ich vermutete, nicht nur psychologische Gründe hatte. Aber er äußerte keine bestimmten Wünsche. Er begnügte sich damit, seine rechte Hand auf meine Oberschenkel zu legen, und als meine Strümpfe noch ein wenig mehr herunterrutschten, zog er sie so tief wie nur möglich nach unten.
Mit der linken Hand blätterte er in dem Buch und fand eine Stelle. Dann bat er mich, zu lesen.
Ich stotterte und verschluckte teilweise die Silben. Er stieß mich leicht in die Seite, um mich zu bestrafen. Meine Erregung steigerte sich. Ich wurde ängstlich.
Soll er sich doch beeilen und tun, was ihm Spaß macht! Ich verstand seine scheinheilige Miene nicht. Wenn er mich in sein Haus einlud und mich auszog, dann sollte ich doch bestimmt nicht nur lateinische Vokabeln wiederholen, wie ich vermutete.
Immerhin schien er erfreut zu sein, als er meine Erregung bemerkte. Aber nichts passierte. Wartete er darauf, daß ich ihn um etwas bat? Hilf Himmel!
Mehrere Minuten gingen vorüber. Er hörte auf zu lesen, und ich mußte den Rest übernehmen. Ich wußte nicht, was ich denken sollte. Schließlich stand er auf und bat mich, dasselbe zu tun.
Ein lustiger Anblick! Da stand der kahlköpfige Lehrer mit steifem Kragen und ich, seine kleine Schülerin, die so nackt wie ein Baby war.
Plötzlich stellte er mir Fragen nach meinem bisherigen Leben. »Gibt es doch, wie ich vermute, einige kleine Liebesaffären? Ein junges Mädchen sollte nicht scherzen! Aber ja, ich weiß . . ., junge Burschen! Sieh mich an, kleine Micheline, erzähle mir freimütig, ob dich jemals ein Mann berührt hat!«

Er hielt inne. Völlig mutlos wagte ich, kein Wort zu sagen. So mußte er den Satz vollenden.
»Keiner? Wie soll ich das verstehen! Keiner hat dich jemals zuvor entkleidet?«
Der alte Narr, glaubte er wirklich, daß ich so etwas sagen würde? Er legte mein Schweigen als Protest aus.
»Verzeih mir, meine Kleine! Ich versichere dir, ich habe niemals Mißtrauen dir gegenüber gehegt!«
Er packte mich an der Schulter und zog mich an sich.
»Du wirst doch bald 18 Jahre alt? Nun, du wirst eine reizende Frau werden. Du bist bereits jetzt sehr hübsch, und ich würde mich freuen, wenn wir intim befreundet sein könnten. Bevor du verheiratet bist, solltest du mich von Zeit zu Zeit einmal besuchen. Du siehst, daß dich dies in keiner Weise verpflichtet, auch heute mußtest du dein Vertrauen zu mir nicht bedauern. Ich habe dich nämlich nur gebeten, daß du dich vor mir entkleidest. Vor mir mußt du dich nicht schämen. Übrigens ist ja der erste Schritt schon getan. Als Gegenleistung kannst du mit meiner väterlichen Unterstützung rechnen.«
Väterlich! Gar nicht so schlecht!
»Ich werde mich darum kümmern, daß du bei deinen Studien Fortschritte machst und die Noten erhältst, die du wünschst. Vor zehn Jahren hat ein junges Mädchen deinen Platz eingenommen. Sie war ein wenig älter, 19 Jahre alt. Heute lebt sie in Sèrves. Sie ist nicht verheiratet, weil sie Angst hat, unsere wonnevolle Freundschaft zu beenden. Sie kommt von Zeit zu Zeit und entkleidet sich wie eine Göttin. Wir lesen zusammen Geschichten. Ja, wir dichten sogar.«
Dieser Monsieur Pival ist verrückt. Es gibt kein anderes Wort, um sein Verhalten zu beschreiben. Weshalb sollte ich hierherkommen? Nur um mit ihm befreundet zu sein? Soll

ich etwa meine Jugend damit verbringen, mit ihm Geschichten zu lesen? Nein, alter Knabe, sieh dich nach jemand anderem um. Denn mit mir kannst du nicht rechnen! Ich mußte mich in acht nehmen, daß ich es nicht laut sagte. Er gab mir mein Hosenleibchen. Ich zog mich selbst an, aber er wollte unbedingt die drei Knöpfe zumachen. Gleichgültig ließ ich ihn gewähren.

Seine Finger streichelten mein gekräuseltes Vlies, ohne daß er weiter ging. Schließlich war ich fertig.

»Am nächsten Donnerstag?«

Ich vermied eine bestimmte Antwort. »Ich bin mir nicht sicher, ich habe noch Klavierunterricht!«

Schnell ging ich weg. Das Blut kochte in meinen Adern, meine unbefriedigten Begierden quälten mich. Ein Mann, zwei weitere Männer, an denen ich vorbeiging, starrten mich an. Niemals zuvor hätte ich ihnen meine Aufmerksamkeit geschenkt, doch jetzt wartete ich mit Freude und Furcht darauf, daß mich einer dieser Fremden am Arm nehmen und wegschleppen würde. Ich hätte keinen Widerstand geleistet.

Ich dachte an die Kohlenträger, den Hausmeister, den Doktor... Doch da – ist es wirklich Roger? Nein, ich träume! Doch, er ist es! Er hat mich gesehen und kommt zu mir.

»Bist du schon so früh zurück?« fragte ich ihn.

»Ja, ich habe meine Reise abgekürzt. Ich wußte, daß du hier in der Nähe Unterricht hast, deshalb habe ich auf dich gewartet, ohne daß ich hoffte, dich zu treffen.«

»Roger!«

Meine Begierden wurden noch größer, als ich ihn so nahe bei mir sah. Wir gingen durch eine dunkle Straße. Er nahm meinen Arm.

»Micheline, willst du noch meine Frau werden?«
»Ich habe nicht abgelehnt! Aber...!«
»Ich weiß! Dein Alter! Du weißt, daß wir einige Jahre warten müssen, bis du 20 bist!«
»Meine Eltern!«
»Beruhige dich! Ich werde sie überzeugen!«
Ich verbarg meinen Kopf an seiner Schulter. Er schmiedete alle nur denkbaren Pläne. Er beschrieb unser zukünftiges Heim, gleichsam als ob unsere Heirat morgen stattfinden würde. Unglücklicherweise müßten wir uns noch lange gedulden, bevor dieser Tag kommt.
»Vielleicht änderst du deine Meinung!« sagte ich leise.
»Micheline!«
»Du hast vielleicht eine Geliebte!«
»Ich habe keine!«
»Ich weiß, wie die jungen Männer sind. Erkläre mir deine Zurückhaltung.«
»Ich will versuchen, es auszuhalten. Keuschheit ist etwas Schwieriges!«
»Roger, das verlange ich nicht von dir!«
Weshalb sagte ich das? War meine Erregung daran schuld? Er tat erstaunt, und ich wußte nicht, was ich sagen sollte. Ich drückte mich an ihn. Er hatte mich noch nicht geküßt. Ich glaubte, daß meine heißen Lippen Kühlung finden konnten, wenn er nur wollte...
Er ahnte meine Wünsche und geriet selbst in Erregung. Aber er hatte sich schnell wieder unter Kontrolle.
»Micheline«, stammelte er, »wenn ich bei dir nur ein flüchtiges Liebesabenteuer erleben wollte, dann hätte ich nicht gezögert... Du verstehst mich! Aber ich habe Respekt vor dem Mädchen, das meine Frau werden wird.«
Er schien beunruhigt zu sein. Plötzlich ließ er mich los und

führte mich zu der beleuchteten Allee und den Passanten zurück.
»Auf Wiedersehen, Micheline, ich werde dich morgen wieder treffen!«
Er verschwand rasch. Enttäuscht stand ich da und hätte fast geweint.

Freitag, den 18. März

Roger war um sechs Uhr bei Schulschluß nicht da. Zitternd vor Ungeduld wartete ich jeden Tag auf ihn. Ohne Zweifel war er durch etwas verhindert. Aber mein Herz ist schrecklich schwer!

Samstag, den 19. März

An diesem Tag sagte Monsieur Pival beim Unterricht kein Wort zu mir. Er behandelte mich wie die anderen Mädchen. Mir gefiel dies im Hinblick auf meine Mitschülerinnen, aber mich beschäftigte eine ganz andere Frage: Kommt Roger heute abend?

Am selben Tag

Roger war nicht da. Ich werde bis Montag warten, obwohl ich es kaum mehr aushalte.

Sonntag, den 20. März

Ein Brief von Papa! Ein Donnerschlag! Roger hatte ihn in D. besucht. Wie hat er nur seinen Wohnort herausgefunden? Mein Vater ist eher traurig als ärgerlich. Er tadelte meine Tante, daß sie mich nicht besser kontrolliere, und mich wegen meines Leichtsinns. Er verbot mir, Roger zu sehen.
»Dieser Roger kündigte einen zweiten Besuch an«, so endete der Brief. »Aber ich bin entschlossen, ihn nicht zu empfangen!«
Meine Tante gab mir drei Ohrfeigen. Dann schrieb sie einen Brief. An wen? Ohne Zweifel an Papa.
Aber ich konnte nicht herausfinden, was sie schrieb.

Donnerstag, den 24. März

Gestern bin ich zum erstenmal in Begleitung von Aufsichtspersonen in die Schule gebracht worden, und zwar durch den vortrefflichen Service, der für die Schülerinnen organisiert wurde, die in der Nachbarschaft leben. Mit mir zusammen waren Kinder von nur sieben oder acht Jahren! Durch den Verlust meiner Freiheit war ich mehr gekränkt als verärgert.

Samstag, den 26. März

Mein Vater lehnte es ab, mich in ein Internat zu schicken, obwohl meine Tante dies verlangt. Das Glück ist mir doch noch hold! Die Direktorin ist um Rat gefragt worden. Sie redete mir ins Gewissen.

Und Monsieur Pival erklärte während des Unterrichts mir allein den Cicero.

Montag, den 28. März

Ich hatte den Klassenraum verlassen. Die uns begleitende Dame wartete schon auf uns. Zu Hause sah ich meinen Vater im Lift. Ich eilte nach oben und traf mit ihm in der Diele zusammen. Er umarmte mich kalt.

»Komm herein!« sagte er teilnahmslos. Meine Tante, die ihn nicht erwartet hatte, verlor völlig den Kopf. Ich saß zwischen ihr und Papa. Es fand eine Art Familienrat statt, vor dem ich angeklagt wurde.

Ich mußte alle Arten von Fragen beantworten. Wo ich Roger begegnet bin? Wann ich ihn traf? Wie oft? Über was wir gesprochen haben?

Freimütig beantwortete ich alle Fragen. Nur erwähnte ich nicht seinen Vorschlag. Mein Vater wandte sich an seine Schwester: »Wir müssen einräumen, daß dieser junge Mann eine sehr gute Erziehung genossen hat. Als Ingenieur oder Chemiker hat er eine gute Zukunft! Aber er ist immerhin zehn Jahre älter als Micheline!«

»Wenn er es ernsthaft meint«, sagte meine Tante, »dann wird er warten können. Mein lieber Bruder, ich rate dir, deine Tochter bis zu ihrem 20. Lebensjahr ins Internat zu schicken, das heißt, bis sie heiraten kann.«

»Ich kann mich mit dem Gedanken an ein Internat nicht anfreunden! Als Junge habe ich dort genug mitmachen müssen. Die Osterferien sind nahe. Laß Micheline ihr Schuljahr zu Ende machen. Ich werde sie dann mit nach D. nehmen, und dort kann sie weiter auf die Schule gehen.«

Soweit ist es gekommen! Ich soll Paris verlassen! Niemals werde ich Roger wiedersehen! Ich wünschte, tot zu sein.

Samstag, den 2. Mai

Ich habe lange Zeit mein Tagebuch vernachlässigt. Die letzten Zeilen, die ich geschrieben habe, waren mit Tränen getränkt. Aber heute lache ich wieder...

Ich bin noch immer in Paris und besuche dort die Schule. Roger besucht mich jeden Tag, und meine Tante öffnet ihm persönlich die Tür.

Während der Osterferien gelang es mir, Papa umzustimmen. Roger kam ein drittes Mal nach D. Mein Vater war damit einverstanden, daß wir uns im Juli nach der Zeugnisausgabe verloben. Aber mit der Heirat müßten wir so lange warten, bis ich meine Studien beendet hätte.

Während dieser Zeit war es uns erlaubt, uns jeden Tag wie gute Freunde zu sehen. Wir machten das Beste daraus.

Das ist zu viel Glück für mich! Es dauerte mehrere Tage, bis ich es glaubte. Meine Freundinnen werden sicherlich neidisch auf mich sein, wenn ich ihnen all das erzähle.

Mittwoch, den 6. Mai

Niemand von den Mädchen glaubt mir. Das ist mir gleichgültig! Morgen werde ich den ganzen Nachmittag mit meinem Zukünftigen verbringen. Welch schöne Stunden stehen mir bevor!

Freitag, den 8. Mai

Meine Tante bemerkte, daß ich für die Schule nicht mehr viel lerne. Aber das ist nicht wichtig! Wenn ich eine Ehefrau geworden bin, was nützt mir dann noch Latein, Algebra und die verdammte Geschichte?

Sonntag, den 10. Mai

Mein Onkel ist zurückgekommen. Er ist mir gegenüber sehr zurückhaltend, mein Plan gefällt ihm überhaupt nicht. Das kann ich verstehen! Aber er bildet sich doch nicht ein, daß ich ihm zuliebe eine alte Jungfer bleibe?

Montag, den 11. Mai

Mein Onkel nimmt mich zur Seite. Traurig sagt er zu mir, ich möge mit Roger glücklich werden! Als ob ich daran auch nur eine Sekunde gezweifelt hätte!
In diesem Augenblick verließ meine Tante das Zimmer. Augenblicklich veränderte er seine Haltung und wollte mich umarmen. Ich leistete Widerstand...
Wenn ich ihn richtig verstehe, will er unser altes Verhältnis fortsetzen, ja, er äußerte sogar den Wunsch, daß ich mich ihm nach meiner Hochzeit ganz hingebe.
Da kann er lange warten! Ich hoffe, daß er aus meiner Entrüstung die richtigen Schlüsse gezogen hat!

Dienstag, den 12. Mai

Monsieur Pival hat sich auch wieder an mich gewandt! Daß dieser alte Herr so uneinsichtig ist! Ich möchte doch nur noch für Roger dasein. Er allein hat das Recht..., wenn er es wünscht.
Aber er ist außerordentlich sittsam, und ich weiß, daß ich bei ihm nichts befürchten muß. Wenigstens nicht vor unserer Heirat!

Freitag, den 15. Mai

Ich denke oft an die Liebkosungen, mit denen mich Roger überhäufen wird, wenn ich seine Frau bin. In der Nacht streifen meine Hände über meinen erregten Körper...
Aber ich kann widerstehen. Soll ich mich allein amüsieren? Nein, ich tue das nicht mehr. Das ist etwas für Kinder, aber nichts für eine junge Frau, die bald verlobt ist. Ich glaube, daß ich, wenn ich mit dieser alten Gewohnheit fortfahre, die Liebe Rogers nicht verdiene.

Sonntag, den 18. Mai

Mein Onkel ist abgereist! Welch ein Glück! Am Nachmittag werde ich mit Roger rudern gehen.

Ein köstlicher Nachmittag! Er ruderte. Ich bewunderte seine Muskeln und die gesunde Haut unter den kurzen Ärmeln seines Hemdes. Er ankerte das Boot an einer abgelegenen Stelle. Ich hatte ein dünnes Kleid an, denn das Wetter war schön und es war bereits sehr heiß. Er sah mich eine Zeitlang an, ohne ein Wort zu sagen. Dann küßte er mich in den Mundwinkel. Ich hätte einen Kuß auf meine Lippen vorgezogen, doch bin ich momentan für ihn nur noch seine kleine Freundin. Roger küßt mich nicht oft, aber gerade deshalb sind seine Küsse um so köstlicher.
Mich so nahe bei sich zu haben, ist für ihn offensichtlich sehr erregend. Er streifte mit seinen Händen über meine langen, entblößten Beine, denn an diesem Tag trug ich statt der Strümpfe Socken.
Mein Blick fiel auf einen bestimmten Körperteil, und ich sah einen sicheren Beweis seiner Erregung. Aber ich sagte nichts. Unruhig sah er mich an.
»Liebling, du machst mich verrückt!«
»Komm her! Beruhige dich!«
Ich liebkoste ihn hinter seinem Ohr, um ihn zu beruhigen.
»Wie soll ich diese Wartezeit ertragen können!« murmelte er vor sich hin, indem er vergeblich versuchte, seine Haltung wiederzugewinnen.
Meine Wangen waren errötet, und meine Brustwarzen wurden unter dem durchsichtigen Stoff meines Kleides hart. Er hatte seine Hand in der Tasche und griff herum... Ich weiß schon, an was.
Die Zeit verging. Wir mußten nach Hause.

Sonntag, den 25. Mai

Gestern bat mich Monsieur Pival, ihn wieder zu besuchen. »Kleine Micheline, es besteht für dich keine Gefahr! Habe ich mit dir beim letzten Mal etwas gemacht, gegen das sich dein Schamgefühl sträubte? Wir haben uns doch nur mit Literatur, Poesie und den Sitten des Altertums befaßt. Natürlich darfst du nichts davon deinem Verlobten sagen, der würde das nicht verstehen ...«
Ich lehnte es ab mit der Begründung, daß ich am Donnerstag keine Zeit hätte. Roger ißt da mit uns. Leider verhindert das schlechte Wetter, daß wir wie in der letzten Woche rudern gehen.

Am selben Tag

Ich bin glücklich! Oh! Ich bin so glücklich! Ich kann Roger all die Liebe zeigen, zu der mein kleines Herz fähig ist. Die Tante erlaubte, daß wir allein in das benachbarte Kino gehen durften. Der Saal war so voll, daß wir eine Loge nehmen mußten. Wir konnten die Leinwand nicht sehr gut sehen, denn wir saßen an der Seite. Aber wir waren allein. Das genügte mir.
Roger, der anfangs zurückhaltend war, erregte sich immer mehr. Er streichelte meinen Nacken. Natürlich kein Vergleich mit den Küssen meines Onkels, dessen Schnurrbart mich kitzelte! Die Lippen meines Onkels waren so glatt und weich wie die Hand eines Babys.
Aufgrund gewisser Anzeichen bemerkte ich, daß er wie am letzten Sonntag erregt war. In der Pause gingen wir im Korridor spazieren, und Roger hatte Schwierigkeiten beim

Gehen. Man könnte sagen, daß ihn etwas in seinen Bewegungen hemmte.
Als das Licht aus war, schob er seinen Stuhl von dem meinigen weg. Überrascht stellte ich fest, daß er mir keine Aufmerksamkeit mehr schenkte. Ich rückte wieder näher an ihn heran, und meine Hand berührte wie zufällig seinen Oberschenkel. Die Knöpfe seiner Hose waren geöffnet. Ich fühlte seine Haut.
Leise stöhnte er.
Kühn drückte ich meine Lippen auf die seinigen und preßte und rieb diesen gewissen Körperteil. Plötzlich spürte ich etwas auf meiner Hand... Er keuchte und drückte mich so eng an sich, daß ich beinahe erstickt wäre.
»Mein Liebling – mein Liebling...!«
Der Film war zu Ende. Er brachte seine Kleidung in Ordnung, und wir gingen hinaus. Um die verdächtigen Flecken zu verdecken, zog Roger seinen Mantel an.
Als wir hinausgingen, sagte er kein Wort. Ich vermutete, daß er mir eine Frage stellen wollte, aber offensichtlich hatte er keinen Mut. Doch endlich machte er den Mund auf:
»Micheline, wer hat dich dies gelehrt?«
Er hatte kaum den Satz zu Ende gesprochen, da wußte ich schon, worum es ging. Wie sollte ich ihm das erklären?
»Niemand!« sagte ich, indem ich mich an ihn schmiegte.
»Ich hatte einen vagen Verdacht!«
Er umarmte mich leidenschaftlich. Dieses Mal küßte er meine Lippen, bis ich ihn bat, damit aufzuhören.

Mittwoch, den 28. Mai

Roger holte mich um sechs Uhr ab. Es war noch heller Tag, so daß wir uns sittsam gebärden mußten. Beim Spazierengehen sagte er: »Hast du morgen Zeit für mich?«
»Bei dir zu Hause?«
»Wenn du willst!«
Ich verstand. Anstatt »Ja« zu sagen, küßte ich ihn so fest, wie ich nur konnte. Die Passanten wandten sich um und sahen uns an. Diese Schwachsinnigen! Als ob sie das nicht verstehen könnten!

Donnerstag, den 29. Mai

Ich kam in sein Haus, und mein Roger war ein zweites Mal glücklich. Er berührte mich nicht, sondern küßte mich nur. Ich machte mit ihm dasselbe wie am letzten Sonntag. Er lag ausgestreckt auf dem Bett, während ich mich neben ihn setzte. Meine Freude war maßlos, als ich ihn anblickte und den Ausdruck von Freude auf seinem hübschen Gesicht sah. Wie sehr liebe ich ihn!
Er dürfte wohl jetzt weniger der Versuchung erliegen, sich eine Geliebte zuzulegen.

Samstag, den 30. Mai

Ich habe Monsieur Pival in seine Schranken verwiesen und bin ein wenig betrübt deswegen. Aber ich kann nicht anders! Ich bin schließlich verlobt!

Sonntag, den 31. Mai

Roger besuchte mich. Ich nutzte die kurze Abwesenheit meiner Tante aus, um einen kühnen Handgriff bei ihm zu riskieren. Dabei muß ich sehr geschickt gewesen sein, denn das Resultat trat in weniger als zwei Minuten ein.
»Dein Taschentuch, bitte!«
Ich wischte die Flecken selbst ab und ging dann schnell auf mein Zimmer. Es ist schon merkwürdig. Die Rollen sind vertauscht. Ich bin der junge Mann, und er ist meine Beute. Denn meine Beute ist er, wenn ich ihn so behandle. Ich fühle, daß er ganz mir gehört. Später schien es mir, daß ich benebelt und vor Glückseligkeit und Liebe trunken war.
Dieses Vergnügen erregte mich wahnsinnig. Es kostet mich viel Mühe, mein Verlangen zu unterdrücken. Vor allem halte ich mein Versprechen. Ich vergnüge mich nicht mehr allein.

Montag, den 1. Juni

Andrée spricht wieder mit mir. Es ist schon lange her, seitdem wir ein Wort gewechselt haben. Ihr Bruder veranstaltet eine Feier wie im letzten Winter und lädt mich dazu ein. Ich nehme die Einladung an, falls Roger auch eingeladen wird.
»Damit kannst du nicht im Traum rechnen! Zwischen euch beiden besteht kein offizielles Verhältnis! Was denkst du eigentlich von meinen Eltern!«
»Na schön, dann kannst du auf mich nicht zählen!«
Das war das Ende unseres Gesprächs.

Mittwoch, den 3. Juni

Monsieur Pival bat mich noch einmal, morgen zu ihm zu kommen. Er beschwatzte mich so sehr, daß ich zustimmen mußte. Aber ich werde zuerst Roger besuchen. Natürlich sage ich ihm kein Wort davon. Ich will ihn nicht unglücklich machen. Allein seine Liebkosungen geben mir die Kraft, mich bei meinem Lehrer zurückzuhalten. Hoffentlich hört er bald auf mit seir.en Belästigungen.

Donnerstag, den 4. Juni

Ein köstlicher, aber allzu kurzer Augenblick von Glückseligkeit bei meinem Verlobten. Dann ging ich stoisch zu Monsieur Pival. Das Dienstmädchen warf mir denselben haßerfüllten Blick zu, mit dem sie mich schon früher beehrt hatte. Er wartete auf mich in der Bibliothek, und ich zog mich ohne ein Wort zu sagen aus. Aber es war eine kalte und geistesabwesende Puppe, die vor ihm saß.
Enttäuscht wollte er mich aus meiner Reserve herauslokken, indem er bestimmte Stellen meines Körpers streichelte. Das war um so leichter, weil die Kleider nicht störten. Ich hielt ihn mir vom Leibe, so gut ich konnte, er ließ sich aber nicht ganz zurückweisen. Ich hatte Glück. Als meine Gefühle mich zu überwältigen drohten und die Gefahr bestand, daß ich mich gehenließ, verlor er den Mut.
Ich zog mich an und ging nach Hause. Meine Nerven waren zum Zerreißen gespannt. Bestimmt hätte ich mir durch jene Handlungen Erleichterung verschafft, an die ich mich so sehr gewöhnt hatte. Doch ich widerstand. Ich möchte es niemals mehr tun! Aber diese Zurückhaltung ist hart!

Montag, den 8. Juni

Die Feier in Andrées Haus ist für Donnerstag festgesetzt. Ich war entschlossen, nicht hinzugehen, aber Andrée erpreßte mich praktisch.
»Willst du, daß ich deinem Verlobten etwas von Monsieur Edgar erzähle?«
Dieses schmutzige Ding! Ich hätte sie am liebsten erwürgt! Leider hat sie mich in der Hand. Ich mußte einfach einwilligen.
»Übrigens, rede zu meinem Bruder keine dummen Sachen!«
»Was sollte ich für dumme Sachen reden?«
»Über deine sogenannte Verlobung!«
Ich frage mich selbst, warum ich ihr nicht ins Gesicht gespuckt habe.

Mittwoch, den 10. Juni

Mein Onkel kommt morgen wieder zurück. Hätte seine Reise doch länger gedauert!

Donnerstag, den 11. Juni

Ich hätte nicht zu dieser unerwarteten Feier gehen sollen. Am Anfang war alles in Ordnung. Als es dann aber später wurde, tat der Champagner seine Wirkung, und der Bruder von Andrée wußte nicht mehr, was er tat. Seine Eltern, die sehr großzügig sind, hatten ihm die Wohnung überlassen. In den dunklen Salon, wo niemand tanzte, hatten sich mehrere Paare zurückgezogen.

Robert führte mich dorthin, und ahnungslos folgte ich ihm. Wir stolperten über zwei Körper, die am Boden lagen.
»Bleibt ruhig liegen!« sagte mein Begleiter im Befehlston.
Ein wenig davon entfernt sah ich Andrée und einen Studenten von der Sorbonne, die sich beide kein bißchen zu langweilen schienen. Ich wollte zurück zu den anderen, aber Robert hielt mich fest. Alle Stühle waren wegen des Soupers entfernt worden, wir mußten uns also auf den Boden setzen.
Der junge Mann hatte eine Flasche Wodka mitgenommen, die schon zu drei Viertel leer war. Er holte sie aus seiner Tasche und bot sie mir an. Ich mußte aus der Flasche trinken, doch trank ich kaum etwas, sondern gab sie ihm wieder zurück.
Er war völlig betrunken. Er berührte, drückte und küßte mich überall: auf die Wangen, Stirn und Knie. Ich war offenbar nicht Herr meiner Sinne, denn ich erlaubte ihm alles, ohne daß ich dagegen protestierte. Seine Hand fuhr unter mein Kleid. Ich versuchte, ihn zurückzustoßen, konnte aber nur verhindern, daß er weiter vordrang, indem ich ihn am Ellenbogen festhielt. Er streichelte und tätschelte mich durch meine Unterhose hindurch. Schließlich konnte ich nicht länger Widerstand leisten.
Er hatte seinen ... hervorgeholt und bat mich ... Oh. Nein, ich wollte nicht! Ich ...
»Schrei nicht! Es nützt dir ja doch nichts!«
Er machte es sich allein, ohne daß er aufhörte, mich zu tätscheln. Plötzlich fiel er zurück, er war ohne Zweifel völlig betrunken.
Ich nutzte diese Gelegenheit aus, um schnell aufzustehen, stieg über mehrere Körper und gelangte in den großen Salon. Nur ein oder zwei Paare tanzten dort noch. Ich sah

einige Flecken auf meinem Kleid. Wie konnte ich sie herausbekommen? Ich suchte das Bad, aber einige Liebhaber der Einsamkeit hatten sich dort eingeschlossen. Schließlich setzte ich meinen Hut auf und ging enttäuscht und betrübt weg.
Hoffentlich erfährt Roger nichts davon!

Sonntag, den 14. Juni

Roger war zum Essen eingeladen. Mein Onkel, der am Morgen angekommen war, begegnete mir mit überraschend großer Freundlichkeit. Nach dem Essen zog sich meine Tante ermüdet zurück, und mein Onkel ging hinaus, um auszupacken.
Sogleich sprang ich auf Rogers Knie und begann dieses Spiel, an das wir uns schon gewöhnt hatten.
»Machst du das gern?« fragte mein Verlobter.
»Ja, es gefällt mir, denn es bereitet dir Vergnügen.«
»O Micheline, ich verehre dich! Welch eine gute Ehefrau wirst du sein!«
»Wenn ich mit dir verheiratet bin«, sagte ich, indem ich ihn weiter bearbeitete, »werde ich zumindest keine völlig unerfahrene Gans sein!«
»Gerade deswegen liebe ich dich noch mehr!«
Plötzlich öffnete mein Onkel die Tür. Roger wandte sich hastig um, und ich stand rot wie eine Pfingstrose auf.
Sah er etwas? O Gott! Ich hoffe nicht!

Montag, den 15. Juni

Monsieur Pival lud mich wieder ein. Ich lehnte es ab, aber ich rechne damit, daß ich mich wenigstens noch einmal vor Schuljahresende mit ihm einlassen muß.
Welch ein Unglück!

Dienstag, den 16. Juni

Mein Onkel ist wirklich widerlich.
Meine Tante war weg, und Roger, der anderswo beschäftigt war, konnte nicht kommen.
Er rief mich in sein Arbeitszimmer. Sogleich wußte ich, was er wollte, denn er hatte sich entblößt. Ich versuchte wegzulaufen, aber er hielt mich zurück.
»Willst du, daß ich deinem Vater von den Vergnügungen erzähle, denen du gemeinsam mit deinem Verlobten frönst?«
Als ich schwieg, fuhr er fort: »Ein Wort von mir, und er wird niemals mehr seinen Fuß über diese Schwelle setzen.«
Das stimmte. Was sollte ich tun?
»Was willst du von mir?« fragte ich leise, mit Tränen in den Augen.
»Zieh dein Kleid aus!«
»Nein!«
»Los, ich will es dir nicht noch einmal sagen müssen!«
Ich mußte gehorchen. Nach meinem Kleid kam mein Hemd und meine Unterhose daran.
Als ich nackt war, schob mich mein Onkel auf die Couch. Seine Liebkosungen ließen mich am Anfang kalt, dann aber erregte ich mich. Unzählige Begierden wurden geweckt. Ich versank in ein Meer von Wollust.

Mein Onkel stand zufrieden auf.
»Nun bist du an der Reihe!«
Ich mußte mich für seine Liebkosungen revanchieren. Als alles vorbei war, sagte er zu mir: »Zieh deine Kleider nicht an! Ich möchte dich näher betrachten!«
Ich war wütend. Aber wie konnte ich ihm Widerstand leisten? Ich mußte mich mehrmals umdrehen.
»Dein Gatte wird sich bei dir nicht langweilen!« sagte er in einem scherzhaften Ton, der mir zuwider war. »Sei aber nicht egoistisch, wenn du verheiratet bist. Kann ich mit dir rechnen? Ich habe ein Anrecht auf dich. Du bist noch eine Jungfrau! Dafür kannst du dich bei mir bedanken! Verweigere mir nicht diese kleine Gegenleistung, die ich von dir verlange!«
Ich vermied es, ihm irgendeine Antwort zu geben. In meinem Zimmer zog ich meine Kleider wieder an.
Soll ich mich ihm auch nach meiner Hochzeit hingeben? Niemals! Lieber will ich mir den Zorn Rogers zuziehen und ihm alles erzählen...
Ich hasse meinen Onkel Henry nun aus ganzem Herzen.

Donnerstag, den 18. Juni

Ich habe mich wieder bei Monsieur Pival ausgezogen und hoffe, daß es zum letzten Mal war.
Mein Lehrer schrieb meine Nervosität meiner Keuschheit zu. Daß ich nackt neben ihm saß, mißfiel mir nicht, daran habe ich mich gewöhnt. Doch fühle ich mich so unsicher. Ich bin ihm unterlegen.
Um ihn zufriedenzustellen, las ich Lateinverse mit falscher Betonung vor. Er fiel darauf herein. Seine Finger streichel-

ten mich ein wenig, ohne daß er aber zudringlicher wurde. Bei der Übersetzung spielte die Insel Thera eine Rolle, wo Aphrodite in ein Meer von Wollust versank.
»Du mußt sehr hübsch aussehen, wenn du dich selbst befriedigst!« sagte Monsieur Pival.
Vielleicht! Aber dabei wirst du mich bestimmt nicht beobachten!

Sonntag, den 21. Juni

Ich wollte den Nachmittag allein verbringen. Als Unterwäsche trug ich nur den Badeanzug vom letzten Jahr. Darüber zog ich mein Kleid.
Ich ging früher als sonst zu Roger. Er wartete auf mich. Ohne daß er mich darum bat, zog ich mein Kleid aus. Er stieß einen Schrei aus, als er mich in meinem Badeanzug sah. Dieser Badeanzug ist ein wenig zu eng, denn ich habe seit dem letzten Jahr zugenommen, brachte meine Figur also in entzückender Weise zur Geltung. Roger war sehr erregt. Dreimal wischte er Flecken mit dem Taschentuch von seiner Hose weg. Seine Begierde raubte ihm fast den Verstand, und dasselbe traf für mich zu. Am Donnerstag komme ich wieder, wenn nicht irgend etwas dazwischen kommt. Dann werde ich aber nicht meinen Badeanzug anziehen. Ich werde nichts tragen – außer meinem Kleid und Socken.

Dienstag, den 23. Juni

Andrée verlangt von mir, daß ich ihren Bruder wiedersehe! Auf keinen Fall! Das habe ich ihr klipp und klar gesagt! Ich hoffe, sie hat mich verstanden!

Mittwoch, den 24. Juni

Roger holte mich ab, als die Schule zu Ende war. Er schien sehr seltsam zu sein. Ich fragte ihn, ob ich morgen kommen könne, und er gab mir zur Antwort: »Nein, ich werde dich abholen, und wir werden zusammen einige Freunde besuchen.«
Was kann das wohl bedeuten?

Am selben Tag

Meine Tante hatte einen Brief geschrieben, der sofort zur Post gebracht werden mußte. Sie bat mich, ihn nach dem Diner in den Briefkasten zu werfen. Vor der Tür gab mir ein Fremder, der auf mich zu warten schien, einen Briefumschlag. Er ging weg, bevor ich etwas fragen konnte. Als ich den Umschlag öffnete, erkannte ich sofort die Handschrift von Monsieur Edgar:

> Dein charmanter Prinz macht sich über Dich lustig! Wenn Du zu mir nach Hause kommst, sage ich Dir den Namen seiner Geliebten. Dein guter Freund.

Nicht eine Sekunde lang schenkte ich ihm Glauben.

Donnerstag, den 25. Juni

Ich hatte eine sehr schlechte Nacht. Ich träumte, ich würde in das Haus von Roger gehen. Dort befand er sich in Gesellschaft einer großen, häßlichen alten Frau, die völlig nackt in seinen Armen lag. Sie beschimpfte mich: »Was kann er wohl mit einem Kind wie dir anfangen? Geh zurück zu deiner Milchflasche!«
Ich wurde ängstlich. Wir kämpften. In Schweiß gebadet erwachte ich und lag quer in meinem Bett.

Am selben Tag

Vor dem Essen kam ein Eilbrief. Er war von Roger. Ich schloß mich in meinem Zimmer ein, um ihn ungestört lesen zu können.

> Frage Deine Tante, ob Du am Nachmittag mit mir ausgehen darfst. Ich kann Dir nicht sagen wohin. Bitte begleite mich!

Ich fürchtete, daß meine Tante Einwände erheben würde. Doch ohne viel Schwierigkeiten bekam ich die Erlaubnis.
Ich bemühe mich jetzt, möglichst hübsch auszusehen, wenn ich mit ihm ausgehe. Wohin will er mit mir? Ich weiß es nicht! Ins Kino? Zu sich nach Hause? Das letztere wäre mir am liebsten!

Ich bin erschöpft und hundemüde.

Roger, um Himmels willen, was habe ich getan? Liebst du mich nicht mehr? Wenn du mich geliebt hättest, dann hättest du nicht ein armes kleines Mädchen gezwungen...

Doch ich will von vorne beginnen. Er wartete auf mich unten im Hausflur.

»Weshalb kommst du nicht nach oben?«

»Nein! Komm mit!«

Ein Taxi stand vor der Tür. Wir stiegen ein, und der Chauffeur, der wahrscheinlich schon die Adresse kannte, fuhr los.

»Wohin geht es?«

»Nach B.!«

»Zum Hospital?«

»Ja!«

»Aber...!«

»Du wirst schon sehen!«

Er schnitt jede weitere Frage ab. Das Taxi setzte uns vor der Pforte ab. Wir gingen hinein. Oh, dieser Geruch von Äther – ich fühlte mich bereits unwohl!

Wir kamen in einen kleinen Raum, in dem drei Assistenzärzte Karten spielten. Sie hatten uns erwartet, denn sie schienen nicht überrascht zu sein, als sie uns sahen.

»Oh!« sagte ein hochgewachsener junger Mann mit einem Bart. »Das ist also die Kleine!«

»Ja!«

»Wollen Sie mich untersuchen? Ich wüßte nicht, welche Krankheit ich haben sollte!«

Mit einer Handbewegung zeigte mir ein junger Mann ein Klappbett – ein schrecklich schmales Bett, dessen Bettzeug nicht sehr sauber war.

»Legen Sie sich hin!«

Roger gab mir einen Stoß: »Los, Micheline!«

Ich legte mich nieder. Einer der Männer schlug mein Kleid zurück und zog meine Unterhose aus. Diesmal protestierte ich.

»Wir werden Ihnen kein Leid zufügen!«

Mein Hemd wurde hochgeschoben. Alle Anwesenden untersuchten mich. Ich spürte ihre Finger.

»Spreizen Sie Ihre Beine!«

Das wollte ich nicht machen.

»Laßt mich in Ruhe!«

Sie wandten ihre vereinten Kräfte an. Verzweifelt leistete ich Widerstand. Roger beugte sich über mich und sagte: »Micheline, bitte gehorche!«

»Was ihr macht, ist schamlos! Bring mich von hier weg!«

»Wenn du mich liebst, laß sie gewähren! Diese Herren sind meine Freunde! Sie werden später einmal Ärzte sein und dürfen alles sehen!«

Meine Knie wurden mit Gewalt auseinandergedrückt.

»Holt eine Lampe!«

Einer der Assistenzärzte erschien mit einer Art Lampe und schaltete sie ein. Sie richteten sie auf mich.

»Bleiben Sie ruhig liegen!«

Ich wehrte mich, so gut ich konnte. Sie traten zur Seite. Ich sprang schnell auf und zog mein Kleid nach unten. Dann griff ich nach meiner Unterhose, die sie mir ausgezogen hatten. Roger, der blaß war, hielt mich zurück.

»Micheline, du machst einen Fehler! Ich hoffe nicht, daß du mich zwingen wirst, andere Methoden anzuwenden!«

»Ich möchte gehen! Bitte, laß mich gehen!«

»Nein! Auf meine Bitte hin werden meine Freunde feststellen, ob du wirklich noch, wie ich hoffe, eine Jungfrau bist! Verstehst du mich?«

Meine Wut und mein Schamgefühl waren so groß, daß ich nicht sogleich alles begriff! Mein Verlobter holte ein Kuvert aus der Tasche. Darin befand sich eine Fotografie von mir, die Monsieur Edgar aufgenommen hatte. Ich wäre beinahe umgefallen. Dieser Lump! Er hatte noch einen Abzug besessen! Weshalb habe ich nicht in sein Album gesehen?
»Begreifst du jetzt?« schrie Roger ärgerlich. »Ich habe ein Anrecht darauf, zu wissen, ob du es verdienst, meine Frau zu werden.«
»Roger!«
»Dazu bin ich berechtigt!«
»Ich kann es dir erklären!«
»Nein! Ich wünsche eine medizinische Untersuchung! Lüge und Laster gehen Hand in Hand! Weshalb sollte ich dir glauben?«
Tränen flossen aus meinen Augen. Wie konnte er nur so vor diesen Männern zu mir reden, die ich nicht kannte.
»Sie sind Ärzte, die nicht nur alles sehen, sondern auch alles hören dürfen!«
»Na schön, ich erfülle dir deinen Wunsch!«
Der mit dem Bart, der sich schon hingesetzt hatte, schlug erneut mein Kleid zurück, und seine Hände berührten den intimsten Bereich meines Körpers. Ich zitterte wie ein welkes Blatt.
Ein anderer Arzt nahm seinen Platz ein. Alle drei untersuchten mich der Reihe nach.
»Wie alt ist die Kleine?« sagte einer von ihnen.
»18 Jahre!«
»Sie ist normal entwickelt! Das Jungfernhäutchen ist unzerstört!«
»Noch eine Jungfrau?«
»Das kann ich bestätigen!«

»Gut!« sagte Roger. »Micheline, du kannst dich anziehen!« Das ließ ich mir nicht zweimal sagen. So schnell ich nur konnte, zog ich meine Unterhose an, rannte zur Tür und lief hinaus. Ich eilte durch die Korridore. Sollte ich mich in diesem großen Hospital verlaufen?

Nein, hier ist die Tür! Ich hatte etwas Geld, hielt ein Taxi an und wurde so schnell wie nur möglich nach Hause gebracht. Meine Tante konnte sich meine Tränen, meine kraftlose Stimme und mein verstörtes Gesicht nicht erklären.

»Ein plötzliches Unwohlsein!« sagte ich, indem ich jede weitere Erklärung vermied. Ich schloß mich in mein Zimmer ein und warf mich auf das Bett. Ich weinte! Die Tränen beruhigten mich und verschafften mir Erleichterung.

O Roger! Ich verachte dich! Ja, ich hasse dich!

Irgend jemand klopfte an meine Tür. Roger war es und wünschte mich zu sprechen. Ich antwortete nicht.

Samstag, den 27. Juni

Diesmal werde ich sterben – alles ist aus...

Es kostete mich viel Mühe, die wahren Gründe vor meiner Tante zu verbergen, die für mein sonderbares Verhalten am Vortag verantwortlich waren. Ich wollte Roger nicht anklagen. Weshalb? Ohne Zweifel liebte ich ihn noch. Ja, trotz dieser Tat!

Ich fühlte, daß eine klärende Aussprache zwischen uns beiden notwendig war. Unser Glück konnte nach einer solchen Schmach keinen Bestand mehr haben!

Schon am Mittag verließ ich die Schule und hatte Herzklopfen, als ich zu seiner Wohnung eilte. Zwar war die Tür verschlossen, aber der Schlüssel steckte im Schloß. Welche

Vorahnung veranlaßte mich, ohne zu läuten auf den Zehenspitzen hineinzugehen? Die Stimme einer Frau im benachbarten Raum versetzte mich in Unruhe. War es Besuch? Er hatte mir doch versichert, er kenne niemanden.
Jetzt will ich Klarheit haben... Noch zwei Schritte – das Blut gefriert mir in den Adern.
Eine furchterregend häßliche, dicke Frau wie in meinen nächtlichen Alpträumen ist anwesend. Sie führen ein ernstes Gespräch. Er spricht ganz leise. Ich glaubte dieselben Worte zu hören, die er auch zu mir gesagt hatte. Da ist er, der mich gestern so demütigte! Ich konnte meinen Widerwillen nicht mehr unter Kontrolle halten. Als er mich sah, sprang er auf.
»Micheline!«
Ohne ihn anzuhören, floh ich. Am liebsten hätte ich Selbstmord begangen, aber ich wagte es nicht. Gestern hatte ich in der Zeitung einen Artikel über den Selbstmord eines jungen Mädchens gelesen, deren Verlobter sie verlassen hatte.
Roger, Roger, unser Leben war so schön! Weshalb hast du alles zerstört?

Sonntag, den 28. Juni

Niedergeschlagen hielt ich mich den ganzen Tag in meinem Zimmer auf. Um zwei Uhr läutete jemand. Ich vermutete, daß es Roger war, und bat meine Tante, nicht die Tür zu öffnen.
»O gütiger Gott! Was hast du? Willst du deinen Verlobten nicht mehr sehen?«
Die Tränen, die ich lange zurückgehalten hatte, traten mir nun in die Augen. Ich erzählte meiner Tante, was gestern

passiert war. Konnte es jedoch durch übermenschliche Anstrengungen verhindern, ihr auch zu berichten, was am Freitag vorgefallen war.
»Eine Frau?«
Meine Tante schien ein wenig unentschlossen zu sein.
»Es gibt gewisse Dinge, mein Kind, die kannst du jetzt noch nicht verstehen. Bestimmt hat sich Roger falsch verhalten! Doch...!«
»Es ist alles vorbei!« stöhnte ich.
»Nein, beruhige dich! Laß ein wenig Zeit vorübergehen! Bedenke es noch einmal! In einigen Tagen hast du vielleicht deine Meinung geändert!«
O weh! Sie war zu ungeschickt, um mich zu trösten. Wenngleich auch Worte bei einem Menschen, der so leidet wie ich, einiges vermögen.

Montag, den 29. Juni

Ich ging nicht in die Schule; es fehlte mir die Kraft dazu. Eigentlich waren ja schon Ferien, und im Unterricht wurden nur noch Formalitäten besprochen.
Meine Tante ließ mich allein gehen, und ich machte einen langen Spaziergang in Paris. Die Sonne war sehr heiß. Der Spaziergang tat mir gut.
In den Ecken küßten sich die Liebespaare. Eine junge Frau, die voller Vertrauen war, ging eingehängt mit ihrem Freund vorbei. Wer weiß? Vielleicht betrügt er sie auch! Wenn er sie verläßt, trifft er sich vielleicht mit einer anderen Geliebten. Die Männer sind alle gleich. Was meinen Onkel, den Hausmeister, Monsieur Pival, Monsieur Edgar und all die anderen Männer anbelangt, die ich kenne, so ist keiner

mehr wert als der andere. Einige von ihnen sind verheiratet. Trotzdem überhäuften sie mich mit Zärtlichkeiten. Ihre Frauen wußten nichts.
Als ich heimkam, war mein Kopf schwer und meine Wangen waren glühend heiß. Ich muß Fieber haben.

Dienstag, den 30. Juni

Meine Tante sagte zu mir, daß ich, falls ich mit Roger breche, dies meinem Vater mitteilen müsse.
Was soll ich tun?
Ich schrieb mehrere Briefe, zerrriß sie aber alle nacheinander. In 15 Tagen werden wir Ferien haben. Ich ziehe es vor zu warten, bis wir in D. sind. Dann kann ich es ihm persönlich berichten. Armer Papa! Was wird er sagen?
Er wird Roger Vorwürfe machen – das weiß ich genau –, daß er seine kleine Micheline zum Weinen gebracht hat.

Mittwoch, den 1. Juli

Andrée, die bemerkte, wie unglücklich ich war, fragte mich nach dem Grund. Seitdem es zwischen uns zu Meinungsverschiedenheiten gekommen war, hatte ich mit ihr kein Wort mehr gesprochen. Zuerst vermied ich es, ihr eine Antwort zu geben, dann konnte ich mich nicht mehr zurückhalten und erzählte ihr, wie mich Roger behandelt hatte.
Sie schien nicht überrascht zu sein.
»Ich habe dir ja gesagt, daß du dich vor jungen Männern in acht nehmen solltest! Versetze dich in ihre Lage! Ein junges

Mädchen zu lieben, ist etwas sehr Schönes. Aber leider genügt ihnen das nicht!«

Ich hütete mich aber, ihr zu erzählen, daß ich Roger nicht nur geliebt hatte, sondern weitergegangen war. Diese Ersatzbefriedigung hatte ihn doch nur davon abhalten sollen...

»Glaube mir«, sagte meine Freundin, »ärgere dich nicht zu sehr! Mach dasselbe wie er und amüsiere dich ebenfalls!«

Nach all dem, was vorgefallen war, hat sie nicht unrecht. Es schien mir, daß mein Gesichtskreis erweitert wurde, nachdem der Schleier gelüftet war.

Jawohl! Ich werde mich amüsieren, um zu vergessen, und mich dann rächen. Ich bin entschlossen, sehr grausam zu dem Erstbesten zu sein, der mir in die Hände fällt.

Donnerstag, den 2. Juli

Meine Tante läßt mir meine Freiheit. Ich nutzte dies aus und ging in ein Schwimmbad. Es waren sehr viele Besucher dort. Ich hatte meinen Badeanzug vergessen und mußte mir einen leihen.

Das Wasser war schön warm. Ich schwamm ein wenig und versuchte einige Stöße. Ein junger Mann lächelte mich an. Ich erwiderte sein Lächeln und legte mich in die Sonne, um mich zu trocknen. Er folgte mir nach.

»Mademoiselle«, sagte er, »sind Sie nicht Nicole V.? Ich glaube, ich bin Ihnen im Winter in B. begegnet!«

Das stimmte nicht, aber als Beginn eines Gespräches war es erlaubt und nicht so schlecht.

Ich sah ihn an. Er war schmal und gut gebaut. Sein einfacher Badeanzug brachte seine Figur zur Geltung. Nur seine

Beine waren etwas haarig. Er setzte die Konversation fort, und ich antwortete ihm.

»Nein, ich bin nicht Nicole!«

Ich ließ ihn meinen Vornamen raten. Er stellte sich mir als Jacques B. vor und sagte, daß er sein Geld mit der Schauspielerei verdiene.

Na schön! Ist er wirklich ein Schauspieler? Ich wage ihn nicht auszufragen, denn ich fürchte, daß er denkt, ich würde mich für ihn interessieren. Er bittet mich um die Erlaubnis, mich nach Hause bringen zu dürfen, natürlich nicht vor unser Haus, sondern in die Nähe davon.

Weshalb nicht?

Ich gehe in die Kabine, ziehe mich an und bin sehr erregt. Ist dies die Wirkung meiner langen Enthaltsamkeit? Oder die Folge eines Gespräches mit einem jungen Mann, der genauso nackt war wie ich?

Er wartete auf mich außerhalb des Schwimmbades im Auto und bat mich einzusteigen. Die Tür wurde zugemacht, und wir fuhren los. Während er mit der einen Hand das Auto steuerte, versuchte er mich mit der anderen zu streicheln. Er hatte es offenbar sehr eilig, vor einer Stunde kannten wir uns noch nicht. Aber ich sagte nichts. Mache nur so weiter, mein guter Junge! Bald werde ich dich in deine Schranken verweisen!

An einer einsamen Stelle hielt er an und versuchte, mich zu küssen. Ich erlaubte ihm einen Kuß auf die Wange, gleichsam als ob er ein guter Freund von mir wäre. Aber er geriet in Erregung und konnte seine Finger nicht zurückhalten. Es kostete mich viel Mühe, ihn abzuwehren. Sind Schauspieler immer so frivol? Meine Frage veranlaßte ihn zu lachen.

»Ich möchte wissen, wer – außer einem Heiligen – bei Ihnen sich noch unter Kontrolle halten könnte!«

»Oh! Oh! Und warum bitte?«
»Sie sind einfach hinreißend schön!«
Ein vollendetes Kompliment. Tatsächlich mußte ich in meinem kurzen Kleid, das meine Taille betonte, sehr verführerisch wirken. Ich hatte meinen Gürtel höher gezogen, um meine Brüste besser zur Geltung zu bringen, und ließ ihn noch einen Moment gewähren. Seine Hände streichelten meine entblößten Beine bis zu den Knien. Mit dem Finger fuhr er noch ein wenig höher. Ich hielt ihn zurück.
»Warum?« fragte er enttäuscht.
»Weil ich keine Strümpfe anhabe und es sich nicht gehört, die nackten Beine eines jungen Mädchens zu berühren.«
»Warum? Wenn ich Ihre Hände schüttle, berühre ich doch auch Ihre nackte Haut.«
»An sich müßte ich Handschuhe anhaben!«
»Wenn ich Sie auf die Wange oder die Stirn küsse...?«
»Ich müßte einen Schleier tragen!«
»Weshalb denn nicht gleich einen solchen Schleier, wie ihn die Frauen in Arabien zu tragen pflegen?«
Wir lachten, aber meine Heiterkeit hielt mich nicht davon ab, seinen Arm festzuhalten. Er wurde wieder ernsthaft, und mit einer zweideutigen Miene, die mir nicht gefiel, sagte er: »Sagen Sie mir, ob Sie mir erlauben, ein wenig höher zu gehen, wenn Sie Strümpfe anhaben?«
»Vielleicht!«
»Werden Sie morgen Strümpfe tragen? Sehr lange, welche die Oberschenkel bedecken!«
»Schon möglich!«
Ich blickte ihn an und gab ihm einen Moment Zeit, seine Freude zu genießen. Dann sagte ich mitleidslos: »Möglich wäre es – doch Sie werden es niemals erfahren, denn wir werden uns niemals mehr treffen. Auf Wiedersehen!«

Ich öffnete die Tür und trat auf den Bürgersteig. Er war so verwirrt, daß er vergaß, mir nachzufahren.
So! Einer hat mir gebüßt! Wer ist der Nächste?

Freitag, den 3. Juli

Mein Onkel ist für zwei Tage zurückgekommen, danach wird er eine zehntägige Reise durch den Süden machen. Ich hätte es gern gesehen, wenn meine Tante das Ende meines Verhältnisses mit Roger vor meinem Onkel verschwiegen hätte. Natürlich ist sie aber so schwatzhaft, daß sie es ihm sofort erzählte.
»Arme Miche«, sagte er in einem Ton, der tatsächlich Traurigkeit zu verraten schien.
Ich zuckte mit der Schulter: »Das ist mir gleichgültig!«
»Weiß dein Vater etwas davon?«
»Nein!«
Mein Onkel wurde nachdenklich. Beim Diner machte er mir einen Vorschlag. Ohne mich anzusehen, sagte er zu seiner Frau gewandt: »Ich könnte Micheline mitnehmen!«
»Wohin?«
»In den Süden – ein Ortswechsel könnte ihr guttun! Ich will eine Woche in Biarritz bleiben, um unsere Niederlassung neu zu organisieren.«
Meine Tante war mit diesem Vorschlag nicht einverstanden. »Ihr Vater erwartet sie in D.!«
Ich wußte nicht, was ich sagen sollte. Der Gedanke an eine Reise war mir nicht unangenehm, doch ich wußte, was ich bei meinem Onkel zu erwarten hatte...

Samstag, den 4. Juli

Onkel Henry brachte das Thema wieder zur Sprache. Meine Tante sagte kurz und bündig zu ihm, daß mein Vater um Rat gefragt werden müsse, bevor eine Entscheidung getroffen werden könne.
Mein Onkel schrieb ihm.

Sonntag, den 5. Juli

Mein Onkel verschob seine Reise, um die Antwort aus D. abzuwarten. Dieser Teufel! Er bereitete sich darauf vor, mich mitzunehmen. Weshalb soll ich mir aber Sorgen machen? Er oder ein anderer ... Übrigens ist er sehr korrekt zu mir. An diesem Morgen waren wir länger als eine Stunde allein, er kam aber nicht in mein Zimmer.

Dienstag, den 7. Juli

Ein längerer Brief von Papa. Er tadelte mich, weil ich ihn nicht sofort informiert hatte.
»Mein kleines Mädchen sollte mehr Vertrauen zu mir haben«, schrieb er und riet mir, zu ihm nach D. zu kommen.
»Doch die Reise mit deinem Onkel gefällt mir! Fahre mit ihm!«

Mittwoch, den 8. Juli

Wir brechen morgen auf! Natürlich benutzen wir das Auto von meinem Onkel.

Donnerstag, den 9. Juli

Wir sind in Poitiers.
Ein mühsamer Tag. Es ist sehr heiß. Mein Onkel, der fröhlich ist, macht Rast in einem kleinen Gasthaus. Es war angenehm und sehr kühl dort, denn ein Baum spendete Schatten.
Wir brachen um drei Uhr auf. Durch den Wein war er angeheitert, legte seinen Arm um meine Schultern und begann zusammenhanglos zu reden.
»Dieser Roger ist ein Schuft! Ich habe dich gewarnt! Ich hoffe nur, daß du ihn vergessen wirst. Hast du etwa deinen Badeanzug vergessen? Ich werde dir einen in Angoulème oder Bordeaux kaufen. Hast du den Mann an der Straßenkreuzung gesehen? Sicherlich hielt er uns für ein jungverheiratetes Paar!«

Freitag, den 10. Juli

Kommt es vom Autofahren? Ich bin so erregt! In der letzten Nacht wäre ich beinahe zu meinen alten Praktiken zurückgekehrt, aber ich schlief plötzlich ein, ohne es zu merken. Als wir durch Bordeaux fuhren, kaufte mir mein Onkel einen Badeanzug. Er bestand darauf, ihn selbst auszuwählen. Es war ein seltsamer Badeanzug, denn mein Rücken und ein Teil des Bauches blieben entblößt.

Ich ahnte schon, daß ich am Strand Aufsehen erregen würde. Um sechs Uhr fuhren wir durch Arachon und kamen in einen Pinienwald. Plötzlich erreichten wir einen schönen See. Kein Mensch weit und breit! Mein Onkel hielt den Wagen an.

»Wollen wir den Badeanzug ausprobieren?«

Ich schaute ihn verblüfft an. Was hatte er vor?

Er nahm mich bei der Hand und sah mir in die Augen. Ich errötete und senkte meinen Kopf.

»Willst du?«

Da ich keine Antwort gab, küßte er mich hinter das Ohr. Meine Begierden überwältigten mich. Schnell stieg ich aus. Die Pinien standen bis an den Rand des Sees, und ich suchte eine abgelegene Stelle. Schon hatte ich mein Kleid hochgezogen. Dreist kam er zu mir und stellte sich vor mich hin.

»Nein!« sagte ich barsch. »Jetzt nicht! Geh weg!«

Ungern gehorchte er. In meinem Badeanzug rannte ich bis zu dem Rand des Sees. Bevor er mich packen konnte, war ich im Wasser. Ich lachte laut über seine Enttäuschung.

»Oh! Warte nur!« rief er halb im Ernst, halb im Spaß.

Wie? Kommt er nicht? Doch! Er zieht sich aus! Hat er keinen Badeanzug?

Das stört ihn aber nicht. Er ist völlig nackt, geht ins Wasser und schwimmt zu mir hin. Ich versuche wegzuschwimmen, aber nicht zu schnell. Meine Unruhe wird größer. Er erreicht mich, umfaßt meine Taille und berührt mich. Ich wende mich um und werfe meinen Kopf zurück. Unsere Lippen berühren sich.

»Komm!«

Er zieht mich an das Ufer.

»Unter den Bäumen sieht uns niemand!«

Er drückt mich an sich. Ich sehe den Beweis seiner Begierde

völlig unverhüllt und schließe meine Augen. Er zieht mir meinen Badeanzug aus.
Wir wälzen uns auf dem Boden. Es ist köstlich! Wie zärtlich ist diese Hand! Es ist so lange her, daß ich... Er lag mir gegenüber. Mit zehn Fingern streichelte ich ihn. Im selben Augenblick dringt seine Zunge bei mir ein. Ich zerschmelze und gebe mich ganz der Wollust hin.
Es war bereits Abend, als wir weiterfuhren. Meine Nerven hatten sich beruhigt. Ich hatte nur noch ein Gefühl: Hunger. Ein fürchterlicher Hunger quälte meinen Magen!
»Haben wir noch eine große Strecke vor uns?«
»Nein, kleine Miche! Wir werden bald in Biarritz sein. Sei unbesorgt! Wir werden bald dort sein!«

Sonntag, den 12. Juli

Wir sind seit gestern in Biarritz.
Das Hotel ist sehr komfortabel. Das Zimmer meines Onkels liegt neben dem meinigen. Er bestand darauf, daß die Tür zwischen beiden Zimmern offenbleibt.
Ich verstand. Aber wenn du, mein guter Freund, glaubst, du kannst jeden Tag haben, was du willst, dann irrst du dich. Du kannst kommen, wenn ich Lust habe. Basta!

Montag, den 13. Juli

Ein Brief von Papa lag für mich auf dem Postamt zum Abholen bereit. Da ich keinen Paß bei mir hatte, holte ich ihn zusammen mit meinem Onkel ab.
Papa berichtete mir, daß Roger ihn besucht habe. Mein Ex-

Verlobter sei verzweifelt. Er sähe seinen Fehler ein und bitte mich um Verzeihung.
»Du bist noch zu jung, um das Leben zu kennen! Bitte, sei nicht so streng zu dem jungen Mann!«
»Um das Leben zu kennen!« Ich glaube nicht, daß es etwas gibt, das ich nicht verstehe.
Ich habe ein für allemal gesagt, daß ich ihn nicht mehr sehen will!

Dienstag, den 14. Juli

Fahnen und Flaggen überall. Das Kasino ist prächtig erleuchtet. Auf der Straße tanzen die Menschen.
Ich will meinen Kummer vergessen und stürze mich in den Trubel. Den Walzer mit meinem Onkel zu tanzen, ist nicht angenehm. Ich verstand es, ihn loszuwerden. Das war in der Menge nicht sehr schwierig.
In der Nähe des Strandes hörte ich zwei Akkordeons. Ich ging hin und sah einen schmalen kleinen Burschen, der mich durch seine Brillengläser scharf musterte. Um die Wahrheit zu sagen, er sah nicht sehr gut aus, trotzdem gefiel er mir.
Ich stellte mich vor ihn hin und tat so, als ob ich dem Tanz zusehen wolle. Bald spürte ich, wie sein Bein das meinige berührte. Ich trug keine Strümpfe. Als ich den Stoff seiner Hose auf meiner Haut spürte, fing ich zu zittern an. Nun berührte seine Hand meine Taille. Ich drückte mich so nahe wie möglich an ihn heran, damit die anderen Leute nichts sahen. Seine Finger wanderten nach unten und befummelten mich – durch das dünne Kleid entging ihm kein Detail. Übrigens war meine Unterwäsche sehr dünn. Er ging sogar

so weit, daß er mein Kleid hochhob und mein Bein oberhalb des Knies tätschelte.
Die Musiker spielten ein anderes Stück.
»Wollen wir tanzen?« fragte er plötzlich.
Ich nickte, und er umfaßte meine Taille und zog mich fest an sich. Nach einigen Tanzschritten spürte ich deutlich seine Begierde.
Er sprach kein Wort. Ich auch nicht. Ich lehnte mich ein wenig zurück, schloß meine Augen und dachte ... ich dachte an alles Mögliche! Die Begierden der Männer sind doch immer gleich! Und ich besitze die seltsame Macht, sie nach Belieben zu entfachen.
Der Tanz war zu Ende. Er nahm mich mit zu einem Limonadenstand. Ich trank den Inhalt eines ganzes Glases hinunter. Die kalte Flüssigkeit tat mir gut.
Er ergriff meinen Arm und führte mich weg. Wohin? Ich wußte es nicht. Als wir uns von der Menge entfernt hatten, hielt er an und schaute mich an.
»Wie alt bist du?« fragte er mich plötzlich.
»Und du?«
»Rate einmal!«
»Fünfunddreißig Jahre!«
»Na gut! Beantworte meine Frage!«
»Achtzehn Jahre!«
»Ehrlich?«
Es kostete ihn Mühe, das zu glauben, und ich fühlte mich deshalb geschmeichelt.
»Ich hätte gedacht, daß du älter bist.«
Er ging weiter, und ich lief neben ihm her. Wir kamen zu einem Park. Auf der einen Seite standen Palmen, und auf der anderen Seite war das Meer. Es war dunkel. Wir setzten uns auf eine Bank.

Er hielt noch meine Hand. Dann führte er sie zu... Ich erwartete das! Ohne zu schmollen, öffnete ich zwei Knöpfe und nahm diesen Körperteil in die Hand. Es war so hart wie Stahl. Zwar war es nicht so groß wie das meines Onkels, aber bei weitem schöner. Ich beugte mich darüber und liebkoste ihn. Weshalb machte ich das? Ich weiß es nicht. Ohne Zweifel erregte mich die Seeluft.

Mit beiden Händen fuhr er unter mein Kleid und versuchte, zwischen meiner Unterwäsche und meiner Haut einzudringen. Er hatte keinen Erfolg.

»Wie muß man das aufmachen?« fragte er.

»In der Mitte!«

Endlich fand er den Zugang und öffnete ihn mit einem Ruck. Er spreizte meine Beine.

»Du bist noch Jungfrau!«

Er schien enttäuscht zu sein.

»Na schön! Für eine Jungfrau hast du ein ganz schönes Wissen! Wer hat dir Unterricht erteilt?«

»Niemand!« sagte ich nervös.

»Oh! Oh! Du kleine Lügnerin!«

»Wenn ich sagen würde, daß es mein Onkel war, so wäre dies für dich ohne Bedeutung!«

Er war sprachlos und entsetzt. Jetzt wurde ich aktiv. Seine Begierden erwachten wieder, und er tätschelte mich auf dieselbe seltsame Weise wie zuvor. Ich glaubte zu zerschmelzen, keuchte und kam zur gleichen Zeit wie er zum Höhepunkt.

Jemand kam – vielleicht ein Aufseher? Wir standen schnell auf und gingen weiter.

»Werde ich dich wiedersehen, meine Kleine?«

»Vielleicht!« sagte ich geistesabwesend.

»Ich bin Kellner im Kasino. Du mußt nur nach Monsieur Edmont fragen!«

Ich hörte ihm nicht länger zu, sondern ging weg. Vor dem Hotel war eine solche Menschenmenge, daß ich kaum hineingehen konnte. Irgendein Lüstling tätschelte mich. Ich bemerkte, daß nicht einmal die Knöpfe meiner Unterwäsche zu waren.
Endlich war ich in meinem Zimmer. Klopfen an der Zwischenwand! Mein Onkel will hereinkommen! Auf keinen Fall! Ich mache mir noch nicht einmal die Mühe, ihm zu antworten, sondern lege mich erschöpft in mein Bett.

Samstag, den 18. Juli

Unser Aufenthalt näherte sich dem Ende, wir werden bald zurückfahren. Doch mein Onkel hat sehr schlechte Laune. Ich habe ihn nur einmal in mein Zimmer hereingelassen, und er glaubt, dies sei nicht genug.
Ohne ein Wort zu sagen, packte er in meinem Beisein seine Koffer. Plötzlich brach er die Stille: »An diesem Abend zum letzten Mal? Bist du einverstanden?«
»Ich bin so müde!«
»Miche! Du machst mich wahnsinnig!«
Es ist Mittagszeit. Wir werden schon im Restaurant erwartet, aber er schien keine Eile zu haben.
»Berühre ihn!« befahl er, indem er meine Hand ergriff. Ich zog sie schnell weg, doch rief seine flehende Miene bei mir Mitleid hervor. Ich hielt es für besser, ihn sofort zu befriedigen. Dann würde ich in der Nacht Ruhe haben.
Er legte sich auf das Bett, und ich setzte mich neben ihn. Vor einigen Monaten waren die Plätze noch vertauscht gewesen.
Er versuchte, mich zu berühren, aber das erlaubte ich ihm

nicht. Er durfte nur meine langen, nackten Beine streicheln.
Als alles vorbei war, stand ich auf.
»Wir wollen zum Diner gehen!«

Am selben Tag

Ich stand gegen elf Uhr abends auf und drückte mein Ohr an die Zwischenwand. Kein Laut! Mein Onkel war eingeschlafen.
Schnell zog ich mein Kleid an und öffnete vorsichtig die Tür zum Korridor, damit kein Lärm entstand. Hinter mir schloß ich sie ab.
Niemand war zu sehen!
Ich eilte rasch die Treppe hinunter. Die Halle im Foyer war bereits leer. Der Portier sah mich neugierig an. Er wunderte sich wohl, weshalb ich so spät ohne Hut außer Haus ging.
Das Kasino lag in der Nähe. Ich erblickte einen Kellner, aber ich wagte ihn nicht nach Monsieur Edmont zu fragen.
Ich muß mich zusammennehmen! Soll ich wieder zurückgehen, weil ich nicht genug Mut habe?
Mit rotem Kopf fragte ich nach ihm.
»Hier entlang, Mademoiselle!«
Ich ging in die Küche. Der Geruch war ekelhaft. Da war er.
Er schien sehr glücklich zu sein, mich zu sehen.
»Ich dachte, du hättest mich vergessen!«
»Bist du bald mit deiner Arbeit fertig?«
»In fünf Minuten! Warte auf der Terrasse!«
Er kam bald, aber er war nicht allein. Ein Mann und eine Frau waren dabei.
»Meine Freunde!« sagte er.
»Was wollen wir machen?« fragten ihn seine Begleiter.

»Du hast dir doch einen Wagen ausgeliehen? Wir fahren nach V. baden. Das sind nur drei Kilometer von hier!«
Wir stiegen in ein kleines braunes Cabriolet und saßen so eng beieinander, daß mein Nachbar mich gegen Edmont drückte. Ich fühlte, wie eine Hand meinen nackten Oberschenkel berührte. Es war der Fahrer, der sich diese kleine Freiheit herausnahm.
»Sieh nach vorne! Wir wollen uns nicht das Genick brechen!« sagte Edmont, der das beobachtet hatte.
»Reg dich nicht auf! Wir sind schon da!«
Die Stelle war sehr einsam. Kein Haus weit und breit. Eine Gruppe von Pinien zwischen der Straße und dem Strand machte diesen Platz zu einem idealen Versteck.
Wir stiegen aus. Albert – so hieß der Freund von Edmont – zog sogleich seinen Anzug aus.
»Weg damit!«
Die Frau zog sogar ihr Hemd aus. Sie war häßlich und behaart. Da ihre großen Brüste nun keinen Halt mehr hatten, hingen sie herunter. Nackt zitterte ich ein wenig. Gott sei Dank war es nicht zu kühl. Obgleich der Mond nicht schien, war es doch nicht allzu dunkel. Wir konnten uns gut sehen, fast als ob es hell wäre.
Als Albert seine Hose ausgezogen hatte, sah er mich an: »Die Kleine ist gut gebaut!«
»Sie ist achtzehn Jahre alt!« sagte Edmont stolz.
»Wir wollen baden gehen!« unterbrach ihn die Frau.
»Los!«
Alle vier gingen wir ins Wasser. Sanft rollten die Wellen heran und berührten meine Beine. Ich warf mich in die Fluten, damit ich die Kälte weniger fühlte. Übrigens gewöhnt man sich schnell an die Temperatur.
Edmont schwamm kraulend davon. Albert tauchte unter

und war plötzlich zwischen meinen Oberschenkeln. Er ergriff die Gelegenheit, einen indiskreten Finger zu riskieren.

Die Frau schwamm mit Edmont weg. Albert ließ nicht ab von mir. Ich fühlte, wie er mich unter Wasser von hinten betätschelte, dann ergriff er meine Hand, und ich mußte ihn berühren.

»Nun! Unter Wasser! Was sagst du dazu, meine Süße?«

Ich lachte. Die beiden anderen waren schon am Strand. Wir stiegen ebenfalls aus dem Wasser. Die Frau hatte vorsorglich Handtücher mitgenommen, damit wir uns abtrocknen konnten.

Edmont schien sehr erregt zu sein. Er legte mich auf den Boden und streichelte mich. Dann wandte er sich der Frau zu. Sie wälzten sich auf dem Sand. Da ich neugierig war, sah ich ihnen zu. Sie machten es vor meinen Augen. Niemals hätte ich gedacht, daß das so leicht vor sich geht. Natürlich war seine Partnerin ziemlich alt. Wie alt wohl? Wenigstens 30, denke ich.

Albert ist neben mir und spielt mit meinen Brüsten.

»Möchtest du?« fragt er mich.

Ich stand auf und drückte mich fest an ihn. Dann stellte ich mich auf die Zehenspitzen, damit er sich besser an meiner Schamgegend reiben konnte. Meine Oberschenkel hielt ich fest zusammengepreßt. Langsam bewegte ich mich hin und her, und die Wirkung war bald zu spüren.

»Meine Süße!«

Er legte mich auf den Boden und verbarg seinen Kopf zwischen meinen Oberschenkeln. Es war köstlich. Ich wand mich hin und her.

Die Frau schien nicht zufrieden zu sein.

»Jetzt ist es aber genug! Ihr macht mich noch krank wegen

dieses unreifen Früchtchens! Will denn keiner von euch beiden sie hernehmen?«
Blaß stand ich auf. Die beiden Männer versuchten, die Frau zu beruhigen. Wir zogen uns an und gingen zum Auto zurück. Es war ziemlich kühl. Edmont, der meine Hände rieb, hatte keinen Erfolg damit.
Sie setzten mich in der Nähe des Hotels ab, und ich lief eilig in mein Zimmer, konnte aber nicht schlafen. Ich zitterte und hustete. Hoffentlich werde ich nicht krank!

Dienstag, den 21. Juli

Paris...
Wie heiß es ist! Glücklicherweise reise ich an diesem Abend ab. Ich werde morgen am Bahnhof mit Papa zusammentreffen.

Am selben Tag

Meine Tante bot mir an, mich zu begleiten. Aber ich bin groß genug, um alleine zu reisen. Sie gab mich in die Obhut eines alten Mannes mit einem Spitzbart, welcher der einzige Fahrgast in meinem Abteil war.
»Der Monsieur ist doch so freundlich, dich in Châlon aufzuwecken?«
»Aber, Madame, mit Vergnügen! Seien Sie unbesorgt!«
Der Zug fuhr ab. Der alte Mann las in einem Magazin, aber ich fühlte, wie er mich heimlich beobachtete. Ich hatte mich auf dem Sitz hingelegt und ein gemietetes Kissen unter meinen Kopf geschoben, dann versuchte ich, meine Augen

zu schließen. Das Knie des alten Mannes war dicht vor mir. Unter der Zeitung hindurch sah ich sein Gesicht. Wie alt konnte er sein, sechzig...?«

Er trug einen Ehering und einen zweiten großen Goldring am linken Finger.

Was las er? Die Zeilen waren so klein, daß ich sie nicht lesen konnte. Aber die Bilder sagten genug! Nackte Frauen mit großen Brüsten!

Er nahm seine Taschenuhr heraus und sah nach der Uhrzeit. Dann stand er auf, zog die Jalousien herunter und zog die Vorhänge an der Tür zu. Wir waren allein in dem halbdunklen Raum. Ich kam auf den Gedanken, daß er vielleicht diese Situation ausnutzen könnte, doch schien er trotz seines Magazins anständig zu sein. Aber wußte ich dies genau?

Vergeblich versuchte ich, seine Gedanken zu erraten. Mein Blut geriet ins Kochen, meine Begierden machten sich bemerkbar. Ich drehte mich hin und her, konnte nicht einschlafen und stand schließlich auf. Er hatte sich in die Ecke gedrückt und schien eingeschlummert zu sein.

Leise öffnete ich die Tür und trat in den Gang. In der Ferne sah man Lichter. Der Zug passierte eine Station. Alles im Zug war ruhig. Ich ging in den Waschraum. Das kalte Wasser auf meinen Schläfen und meinen Händen beruhigte mich wieder. Als ich zu meinem Platz zurückgehen wollte, wich ich verblüfft zurück. Der alte Mann versperrte mir den Weg und lächelte mich an. Plötzlich packte er mich und zog mich an sich. Sein Gesicht war ganz dicht an dem meinigen.

»Wie alt bist du?« fragte er ruhig.

Seltsam! Alle Männer stellen mir dieselbe Frage. Eiskalt log ich: »Zwanzig Jahre!«

»Was? So alt schon?«

Er sah mich mit einem durchdringenden Blick an. Ich errötete und zitterte vor Scham: »Achtzehn.«
»Das glaube ich dir schon eher!«
Er starrte mich weiter an, ohne ein Wort zu sagen. Plötzlich küßte er mich. Sein Mund preßte sich gegen meine Lippen, seine Zunge bahnte sich einen Weg durch meine Zähne. Die Haare seines Barts kitzelten in seltsamer Weise meine Wangen. Noch zweimal wiederholte er diese Liebkosung, dann ließ er mich in Ruhe.
»Schlaf weiter, mein kleines Mädchen!«
Für was hält er mich? Verwirrt ging ich in das Abteil zurück. Der Zug fuhr langsamer. Wir erreichten Laroche. Ich sollte die Gelegenheit ausnutzen, um meinen Platz zu wechseln, aber irgend etwas veranlaßte mich, in dem Abteil zu bleiben. Einige Leute stiegen ein. Kam jemand in unser Abteil? Nein, sie wählten das benachbarte.
Der Zug fuhr los. In Gedanken versunken setzte sich der alte Mann hin.
Eine Viertelstunde vergeht. Ich bin beinahe eingeschlafen. Was spüre ich an meinen Beinen? Ich öffne meine Augen. Mein Kleid ist hochgezogen, und meine Knie sind entblößt. Die nackten Waden haben offenbar den alten Mann erregt.
»Du bist braungebrannt!« sagt er und streichelt mich.
Ich möchte gerne wissen, wie er das herausgefunden hat.
»Du warst an der See?«
Ich gab ihm keine Antwort. Er beugte sich nieder und liebkoste meine Knöchel. Ich bewegte mich nicht. Seine Lippen fuhren meine Beine hoch. Ich drehte mich um und verbarg mein Gesicht in dem Kissen. Er umarmte nur meine Knie.
»Nein!« sagte ich und wollte ihn wegstoßen, doch er küßte meinen Nacken, und jetzt geriet ich in Erregung. Als er

unter mein Kleid fahren wollte, hielt ich seine Hand zurück. Er schaute mich an. Ich glaubte ein Lächeln in seinem Gesicht zu sehen.
»Laß mich gewähren!« schalt er mich mit leiser Stimme. Jetzt war er bis zu meinem Bauch vorgedrungen. Er hatte meine Unterhose gelöst und sie bis zu den Knien heruntergezogen. Ich blieb völlig bewegungslos. Was stand mir bevor? Ich hatte keine Kraft mehr. Meine Nerven waren bis zum Zerreißen gespannt. Plötzlich war er mit seinem Kopf unter meinem weißen Unterhemd. Ich spürte seine Zunge an meinen Lenden und Oberschenkeln und spreizte die Beine. Nun war der Weg frei! Zärtlich liebkoste er mich. Er war ein großer Experte. Nur sein Mund war aktiv, seine Finger berührten mich kaum.
Die Wollust wurde allmählich größer. Das war noch viel schöner ...! Es dauerte eine Weile. Schließlich kam ich zum Höhepunkt.
Er drehte mich herum und umarmte mich von hinten. Meine Begierden wurden wieder geweckt, und das Spiel begann von neuem.
Ich war erschöpft, konnte es kaum mehr ertragen, und wollte kein zweites Mal den Höhepunkt erreichen. Die Wollust ist entnervend. Doch er ließ sich nicht stören und umklammerte fest meine Oberschenkel.
Ich bat ihn aufzuhören, doch er hörte nicht auf mich. Oh! Diese Zunge! Die Haare seines Bartes kitzelten mich überall!
Die Augen fallen mir zu. Beinahe wäre ich unter seinen Küssen eingeschlafen.
In Châlon verließ ich den Zug völlig derangiert. Die Lokalbahn wartete schon.
Wenig später bin ich in D. Obgleich es noch sehr früh war,

wartete mein Vater auf mich. Sein Anblick rief bei mir Furcht hervor. Armer Papa! Er hätte sich schwerlich die wahren Gründe für die Ringe unter meinen Augen vorstellen können!

»Du wirst am Ende noch krank werden! Wir wollen Roger einen Brief schreiben! Er liebt dich immer noch und wartet nur auf ein Wort von dir, um wieder zurückzukehren!«

Roger! Ich hatte ihn ganz vergessen! Wenn mir mein Vater seinen Tod mitgeteilt hätte, wäre ich sicherlich auch nicht überraschter gewesen.

»Ich möchte ihm nicht schreiben, und noch weniger wünsche ich ihn zu sehen!«

Ich sagte dies in einem solchen Ton, daß Papa verblüfft war.

Freitag, den 24. Juli

Wie schön doch das Land ist! Alles ist ruhig, und meine Nerven können sich entspannen.

Ich lief den ganzen Tag durch die Felder. Noch einmal glaubte ich, ein kleines Mädchen zu sein – unausstehlich, kindisch, naiv und glücklich, grüne Äpfel zu essen.

Ich bin mit all meinen alten Freunden zusammengetroffen: mit Pataud, dem alten Hund, dem Kater der Milchfrau und den Kühen von Cousin Louis.

Furchtlos stieg ich auf die Heuwagen hoch und ließ mich in der Sonne braunbrennen. Ohne einen alten Mann befürchten zu müssen, der mich belästigen könnte, schlug ich meinen Rock zurück.

Montag, den 27. Juli

In D. befindet sich ein großer Gutshof. Eine Pariser Firma hat viele Ställe gebaut. Alle Felder ringsherum wurden in Weideland verwandelt, große Herden weiden, und es wird Käse hergestellt. Ein Dutzend Arbeiter ist dort beschäftigt. Fünf oder sechs Mädchen hüten die Tiere und schleppen die Milcheimer.
Ich wurde mit einer näher bekannt. Ihr Name klingt nicht sehr hübsch: Fanny. Aber sie ist sehr schön. Wenn sie nicht so schmutzig wäre, dann wäre sie wirklich sehr attraktiv. Sie ist ungefähr so alt wie ich.
Obgleich meine Kleider sehr einfach sind, machen sie doch einen großen Eindruck auf sie. Sie stellt mir Fragen über Paris. Das arme Kind war niemals woanders gewesen. Ich spüre, wie sie sich danach sehnt, die Hauptstadt kennenzulernen. Traurig bekennt sie, daß sie in naher Zukunft diesen Traum wahrscheinlich nicht verwirklichen kann.

Dienstag, den 28. Juli

Simone, eine alte Freundin von mir, besuchte mich. Sie war als einzige in D. geblieben. Gaby ist am Meer und Alice mit ihren Eltern in Vichy. Simone hat sich nicht verändert, seitdem ich sie zum letztenmal gesehen hatte. Sie hat immer noch dasselbe blasse Gesicht und die ängstlichen Augen. Ich mußte ihr ausführlich mein Leben bei meiner Tante erzählen. Ohne daß ich zuviel von mir preisgab, beantwortete ich all ihre Fragen.
»Stimmt es, Micheline, daß du verlobt warst oder dich verloben wolltest? Dem Gerücht nach soll es ein Ingenieur von... gewesen sein!«

»Schenkst du allen Gerüchten Glauben?«
Simone gab zu, daß es schrecklich langweilig in D. war. »Du kannst dich glücklich schätzen, daß du weit weg von diesem Nest bist!« sagte sie beim Abschied.
Oh! Vielleicht!

Mittwoch, den 29. Juli

Ich begegnete dem Gutsverwalter, welcher der Vorgesetzte von Fanny ist. Es ist ein noch junger Mann, der nicht sehr groß, aber breitschultrig ist. Er hat einen schwarzen Oberlippenbart, lachte mich an und fragte mich, ob mir meine Ferien gefielen.
»Sehr!« antwortete ich.
»Hier kannst du dich sicherlich nicht viel amüsieren?«
»Doch!«
Ich vermutete, daß er das Gespräch gerne noch weiter fortgesetzt hätte, aber seine Frau kam, und wir mußten uns trennen.

Samstag, den 1. August

Auf dem Marktplatz stiegen Soldaten von ihren Pferden. Ein Regiment, das sich im Manöver befand, sollte in D. stationiert werden. Hurra! Wir werden Soldaten sehen! Vielleicht haben sie eine Kapelle!

Sonntag, den 2. August

Ich machte einen Spaziergang mit Papa. Wir begegneten dem Verwalter; er war allein. Wo war seine Frau? Nahm er sie am Sonntag nicht mit? Er unterhielt sich mit uns. Er heißt S. und sein Vorname ist Bernard.
Papa hat ihn gern, doch habe ich immer noch nicht herausgefunden, weshalb er so ernst ist. Während des Gesprächs sah er mich unablässig an, und die Art und Weise, wie er mir meine Hand schüttelte, kam mir zumindest seltsam vor.

Montag, den 3. August

Das Regiment ist angekommen. Unter den Offizieren sind ältere und junge Männer. Drei von ihnen werden bei uns einquartiert. Zwei Leutnants und ein Hauptmann.

Dienstag, den 4. August

Jacques G., der jüngste unter den Offizieren, hat sich, wie ich glaube, in mich verliebt. Er war sehr traurig, weil er nur kurze Zeit in D. bleiben konnte, und sagte zu mir, er würde in den nächsten Ferien hierher zurückkommen.
Sein Freund L. ist weniger gesprächig. Er ist älter, hat einen Streifen mehr und ist sehr stolz darauf.

Ein Brief von Roger ist gerade angekommen. Ich zerriß ihn, ohne ihn zu öffnen. Jacques G. war dabei. Er amüsierte sich köstlich.
»Wie? Gehst du so mit Liebesbriefen um, meine kleine Dame?«
Ich wurde rot bis hinter die Ohren.
»Woraus schließen Sie, Leutnant, daß ich einen Liebhaber habe?«
»Ein Mädchen, das so hübsch wie du ist, hat bestimmt Verehrer!«
»Ich weiß nicht!«
Meine Antwort, die absichtlich zweideutig war, verwirrte ihn.
»Ich möchte mich gerne mit Ihnen alleine unterhalten!« sagte er mit leiser Stimme. »Kann ich dich heute nacht treffen?«
Die Ankunft Simones verhinderte meine Antwort. In ihrem Haus waren drei bärtige Offiziere einquartiert, deren zahllose Streifen nicht den Verlust ihrer Jugend ersetzen konnten. Sie war wütend, als sie sah, daß bei uns zwei Leutnants wohnten.
»Das ist nicht gerecht!«
»Was kann ich dafür? Ich habe sie nicht ins Haus geholt!«
Jacques G. schien bei meiner Freundin Glück zu haben, doch er ging auf ihre Annäherungsversuche nicht ein. Er dachte wohl nur an mich...

Mein Vater mußte die Absichten des jungen Offiziers bemerkt haben, denn er machte eine doppeldeutige Bemerkung.

Ich schaute ihn verwirrt an und versicherte ihm, daß er sich täusche. »Diesen Herrn werde ich bald nicht mehr wiedersehen!«

Nach dem Diner ging ich auf den Marktplatz. Simone begegnete mir. Arm in Arm machten wir einen Spaziergang zur Burg. Der Sonnenuntergang war wunderbar. Die Luft duftete nach frischgemähtem Heu. Doch der herrliche Abend wurde uns von einem Haufen Soldaten verdorben, die ebenfalls frische Luft schöpfen wollten. Keiner ging an uns vorbei, ohne daß er nicht winkte oder etwas Zweideutiges sagte. Bald hatten wir die Nase voll.

»Sollen wir umkehren?«

»Wenn du willst!« willigte Simone ein.

Wir wandten uns um, aber fünf oder sechs junge Soldaten versperrten uns den Weg.

»Halt! Nicht so schnell, ihr Schönen!«

Einer von ihnen rief mit rauher Stimme: »Präsentiert das Gewehr!«

Alle entblößten sich – Simone zitterte fürchterlich, und auch ich kam mir keineswegs sehr tapfer vor.

Plötzlich war ein Auto zu hören. Einer der Soldaten drehte sich um.

»Mein Gott! Der Leutnant!«

»Nein!«

»Doch!«

Ohne ein Wort zu sagen, verschwanden sie so schnell wie der Blitz. Ich erkannte Jacques und eilte rasch zu ihm hin.

»Was ist passiert?« fragte er überrascht.
Mein Kleid war zerrissen. Er war entsetzt. Simone erzählte ihm weinend, was geschehen war.
»Diese schmutzigen Teufel!« rief der junge Mann. »Dafür werden sie mir büßen!«
Er brachte uns mit dem Auto in die Stadt zurück. Simone hörte nicht auf zu weinen. Ich wußte nicht, was ich machen sollte. Schließlich bat ich Jacques, nichts von dem Vorfall zu erzählen.
»In einem Nest wie D. ist ein Skandal nicht zu vermeiden, wenn die Geschichte bekannt wird.«
Er hielt nahe dem Brunnen. Ich stieg zuerst aus und half dann Simone.
»Geh schnell nach Hause und wechsle deine Kleider!« flüsterte ich ihr ins Ohr.
»Was? Nein! Ich gehe mit meiner Mutter zur Polizei.«
»Es wäre besser, wenn du alles für dich behieltest!«
Doch Jacques hieß den Plan von Simone gut.
»Diese Lumpen haben eine Lektion verdient!«
Wir gingen in das Elternhaus Simones. Sie waren außer sich und wollten einen Doktor rufen, um festzustellen, ob...
Was festzustellen? Sie haben uns doch keine Gewalt angetan! Der Kommandeur, der im Haus einquartiert war, kam hinzu.
Jacques salutierte und machte Meldung.
»Leutnant!« sagte er zu dem jungen Mann. »Machen Sie eine diskrete Untersuchung in Ihrer Kompanie! Ich werde mit Ihrem Hauptmann sprechen! Diese Verbrecher sollen nicht ungeschoren davonkommen!«
Dann wandte er sich seinen Gastgebern zu: »Man sollte diesen Vorfall nicht dramatisieren! Wenn das bekannt wird, haben Sie am meisten darunter zu leiden!«

Schließlich sahen dies alle ein. Simones Mutter holte eine Flasche Pflaumenschnaps und gab uns ein Gläschen zur Stärkung. Jacques bot mir an, mich nach Hause zu begleiten, obgleich es schon Zapfenstreich war und sich draußen keine Soldaten mehr aufhielten. Wir gingen heim. Er gab mir seinen Arm. In meiner Phantasie stellte ich mir vor, daß ich seine Freundin und er mein Verlobter sei. Ich sah ihn an. Er sah wirklich gut aus, und die Uniform stand ihm gut. Die schreckliche Geschichte mit den Soldaten hatte ich bereits vergessen.
Ich hatte das Glück, daß ich in mein Zimmer hinaufgehen und meine Kleider wechseln konnte, ohne daß ich von meinem Vater gesehen wurde. Ein wenig kaltes Wasser kühlte meine heißen Wangen, ich nahm ein Buch und ging zu Bett. Da ich zu aufgeregt war, um zu schlafen, las ich das ganze Buch.
Immer wieder sah ich das Bild des Leutnants vor mir. Ich löschte die Lampe und kehrte zu meinen alten Praktiken zurück. Zitternd stellte ich mir vor, daß er mich küssen würde.

Mittwoch, den 5. August

Das Regiment zog sehr früh ab, als ich noch schlief. Ich bin traurig! Gerne hätte ich Jacques die Hand geschüttelt!

D. schien noch leerer und langweiliger zu sein, als die Manöver vorbei waren. Allein schlenderte ich zur Mühle und sah in der Ferne Fanny. Ich rannte zu ihr hin. Freudig begrüßte sie mich.

»Es ist schon lange her, seitdem ich dich zum letztenmal gesehen habe!«

»Ja, fast eine Woche!«

»Schau, hier kommt mein Chef!«

Ich drehte mich um und sah Bernard. Er schüttelte mir die Hand und fragte mich, wie es mir ginge, ohne Fanny zu beachten.

»Ich gehe zur Mühle!« sagte er zu mir. »Willst du mit mir kommen?«

Ich zog die Gesellschaft Fannys vor. Er schien verärgert zu sein und ging plötzlich weg. Das Mädchen sah ihm nach.

»An was denkst du?« fragte sie mich.

»An nichts!«

»Wirklich?«

Sie sah mich an.

»Es war richtig, daß du nicht mit ihm gegangen bist!«

»So! Warum?«

»Das ist schwierig zu erklären!«

Sie trat ganz nahe an mich heran und sagte dann mit leiser Stimme: »Bernard ist ein schlechter Mensch!«

»Ein schlechter Mensch?«

»Er kann keine Frau sehen, ohne zu... Alle meine Freundinnen auf dem Hof haben dieselbe Erfahrung gemacht. Wer sich ihm nicht beugt und sich weigert, wird weggeschickt!«

»Aber ich denke, er ist verheiratet!«

»Das stört ihn überhaupt nicht!«
Was mir Fanny erzählte, hatte ich schon vermutet, doch ihre Worte beunruhigten mich. Ich fühlte mich auf seltsame Weise erregt.
»Wo macht er dies?«
»Überall!« vertraute sie mir in geheimnisvollem Ton an. »Er hat es mit einer meiner Freundinnen vor mir im Stall gemacht! Seine Frau war mit den Kindern in der Nähe. Er hat starke Nerven.«
»Und du? Hat er dir auch nachgestellt?«
»Ich höre nicht auf seine Worte. Wenn er mich tätschelt, renne ich weg.«
Ein Schaf war weggelaufen. Fanny rannte ihm nach. Ich ging langsam weiter. Welcher Dämon hatte mich gepackt? Gepeinigt von schrecklichen Begierden ging ich zur Mühle. Seltsam! Manchmal glaube ich, ich bin eine andere Person. Es müssen in mir zwei Personen vereint sein. Einmal ein kleines, lächelndes, unschuldiges und gutes Mädchen, dem schreckliche Dinge widerfahren: die Kohlenträger im letzten Winter und vor einigen Tagen die Soldaten. Dann wiederum eine bizarre Frau, die lasterhaft und verrückt nach den Männern ist. In Biarritz badete ich völlig nackt um Mitternacht am Strand. Manchmal schäme ich mich. Meine Begierden quälen mich, und ich bin wieder bereit zu...!
Ich ging zur Mühle, einer Ruine, die als Schuppen für die Wagen dient. Bernard war nicht da. Um so besser!

Es ist so heiß, daß man wie in den Kolonien am Mittag eine Siesta halten muß. Aber ich muß mir eingestehen, daß die vielen Stunden auf der Chaiselongue nicht gut für mich sind. Tausend unzüchtige Gedanken quälen mich. Ich muß mich bemühen, um nicht...

Diese schlechte Angewohnheit, die ich aufgegeben hatte, habe ich mir von neuem angewöhnt. Das ist schon eine fixe Idee! Ich erschöpfe mich, ohne daß ich mich befriedige.

Die Uhr schlägt vier. Ich stehe auf.

»Gehst du spazieren?« fragte mich mein Vater.

»Ja, aber ich weiß nicht wohin!«

»Du weißt doch, daß ich heute abend um sechs Uhr nach Lyon fahren muß.«

»Ich habe es vergessen!«

»Ich werde morgen wieder zurückkommen. Fürchtest du dich auch nicht, allein zu sein?«

»Vor was soll ich mich fürchten?«

»Schließe alles gut ab und laß Pataud auf dem Vorplatz schlafen!«

Ich umarmte meinen Vater. Es hätte sich gehört, daß ich ihn zum Bahnhof begleite, ich weiß! Doch aus irgendeinem Grund mißfiel mir dieser Gedanke. Ich zog es vor, ihm sogleich »Auf Wiedersehen« zu sagen.

Dann verließ ich das Haus und ging zum Gutshof. Bernard stand vor der Scheunentür.

»Gehen Sie spazieren, Mademoiselle?«

»Ja, ich gehe zur Mühle!«

Unsere Blicke begegneten sich. Ich sah, daß er begriffen hatte.

»Auf Wiedersehen, Bernard!«

Ich winkte mit der Hand und ging weiter. Folgte er mir? Ich wußte es nicht.
Ich ging in den Wald. Die Zweige streichelten mich, gleichsam als ob sie mich liebkosen wollten. Au! Brennesseln hatten meine nackten Waden berührt.
Schließlich kam ich zur Mühle und ging hinein. Gestern haben sie eine Ladung Heu dort abgeladen, denn man befürchtete ein Unwetter. Ich knabberte an einigen Halmen.
Oh, dieses Brennen in meiner Kniekehle! Und auf einmal diese Gedanken! Bernard kam nicht. Ohne Zweifel hatte er andere Sorgen!
Ich war unentschlossen. Meine Wangen waren glühend heiß, ich fühlte, wie mein Herz schneller schlug. Meine Brüste wurden fester und taten mir weh.
Ich schlug mein Kleid zurück, zog meine Unterhose aus, legte mich hin und amüsierte mich selbst. Es bestand keine Gefahr, gestört zu werden. Meine Erregung wurde bald größer. Ich wand mich hin und her...
Ein Geräusch! Ich stützte mich auf meinen Ellbogen. Ist dort jemand? Nein! Ohne Zweifel hat der Wind einen Zweig abgebrochen.
Ich fahre mit meiner Beschäftigung fort. Seltsam! Ich spüre, wie mich jemand beobachtet. Aber wer? Ich sehe niemanden...
Wieder Knistern! Schnell ziehe ich mein Kleid hinunter!
Ich bin sicher, daß jemand hier ist und verberge mich im Heu. Die Halme stechen und kitzeln mich überall.
Bernard! Er steht an der Tür, und seine Blicke streifen durch den Raum. Der Kontrast von Hell und Dunkel bewirkt, daß er mich nicht sieht. Er scheint enttäuscht zu sein. Sucht er mich?

Als er wegen eines natürlichen Bedürfnisses seine Hose öffnete, stieß ich einen Laut aus.
»Du?«
»Ja!«
Er dachte gar nicht daran, seine Hose wieder zuzumachen.
»Komm her!«
Ich kam aus meinem Versteck hervor. Er schaute mich von Kopf bis Fuß an.
»Du mußt entzückend aussehen!«
Du mußt? Weshalb du mußt? Mein Kleid verbarg natürlich alles. Kühn schaute ich ihm ins Gesicht.
»Möchtest du gern, daß ich mich ausziehe?«
»Ja!« Sein Gesichtsausdruck machte mir großen Spaß. »Wenn du willst!«
Um den Schein zu wahren, knöpfte er seine Hose zu. Kurzes Schweigen!
»Hast du keine Eile?«
»Nein!«
»Wollen wir ein bißchen plaudern?«
Er streute etwas Heu auf den Boden und bat mich, Platz zu nehmen. Ich legte mich mit geschlossenen Augen rücklings hin, weil ich glaubte, daß in dieser Haltung meine Brüste besser zur Geltung kämen. Mein kurzes Leinenkleid ließ meine Knie unbedeckt. Gierig musterte er mich. Wenn er wüßte, daß ich keine Unterhose anhatte!
»Deine Beine sind sehr hübsch!« sagte er, indem er an meine Knöchel faßte.
»Oh! Haben Sie dies schon öfters gesagt?«
»Einige Male! Und erst die Waden! Stramm! Fährst du viel Rad?«
»Nein!«
Er befühlte meine Beine, ohne daß er bis zu den Knien

vordrang. Doch plötzlich fuhr seine Hand unter mein Kleid bis zu den Oberschenkeln hoch.
»Hast du mich vorher beobachtet? Interessiert dich das?« fragte er mich.
»Nicht sehr!«
»Hast du schon einmal so etwas gesehen?«
Er ging mir mit seinen Fragen auf die Nerven.
»Weshalb wollen Sie das wissen?« fragte ich nervös.
»Nur so!«
Er griff in seine Hosentasche. Ich bemerkte seine Begierden und stützte mich auf meinen Ellbogen.
»Sind Sie verheiratet?« fragte ich ihn.
»Was soll diese Frage?«
»Glauben Sie, Ihre Frau wäre damit einverstanden, wenn Sie hier bei mir sind?«
»Meine Frau geht das nichts an! Übrigens begehen wir ja auch keine Sünde!«
»Sicherlich!«
Ich stand auf und stellte mich vor ihn hin. Absichtlich berührte ich mit meinen Beinen sein Gesicht. Bemerkte er, daß ich keine Unterhose anhatte?
Seine Erregung bestätigte mir das, aber er machte keine Bewegung. Ich machte einen Schritt in Richtung der Tür. Alles war draußen still und verlassen und glitzerte im Sonnenschein. Aber im Westen kamen einige schwarze Wolken auf. Ein wenig Regen würde uns guttun!
Ich holte tief Atem. Er trat neben mich.
»Gehst du weg?«
»Ja! Mein Vater fährt heute abend nach Lyon. Ich muß ihn zum Bahnhof bringen.«
Er preßte die Lippen zusammen.
»Bist du heute nacht allein?«

»Warum? Ja!«
»Möchtest du denn, daß ich...?«
»Nein!«
Ich rannte so schnell ich konnte weg. Idiot! Er hatte die Gelegenheit nicht ausgenutzt! In der Nähe der Straße zog ich schnell meine Unterhose an. Wie spät war es wohl?
Ich bedauerte, daß ich Papa so plötzlich verlassen hatte und rannte zum Bahnhof.
Der Zug war abgefahren.
Traurig ging ich heim. Sollte ich mir etwas zum Essen machen? Ich hatte keinen Hunger und legte mich auf das Sofa. Pataud lag neben mir.
Meine Begierden machten sich bemerkbar! Ich zog die Jalousien herunter, dann zog ich mich vollständig nackt aus. Ich konnte mir meine alte Angewohnheit, mich allein zu amüsieren, nicht abgewöhnen.

Am selben Tag

Neun Uhr! Die Nacht ist hereingebrochen. Es kam ein Sturm auf. Ich ging noch einmal hinaus, denn ich glaubte, daß mir die Decke auf den Kopf fallen würde. Ich hätte an diesem Abend bestimmt nicht einschlafen können.
Die Straße liegt vor mir. Alles ist dunkel. Lichter! Ein Auto fährt vorbei. Fünfzig Meter von mir entfernt hält es an. Weshalb? Will jemand etwas von mir? Ich fühle mich unsicher.
Ich muß mich zusammennehmen. Der Fahrer steigt aus.
»Mademoiselle, wo ist die Straße nach Lons?«
»Dort vorne!«
»Danke!«

Der Fahrer hatte die gewünschte Information, ging aber nicht weg. Auf was wartete er? Einen Blick in den Wagen verriet mir, daß er allein war.
»Mademoiselle, was haben Sie noch vor?«
Ich ging weiter und sagte, indem ich mich ein wenig umdrehte: »Ich mache nur einen kleinen Spaziergang!«
»Möchten Sie mit mir fahren?«
Der hat Nerven! Für wen hält er mich!
»Oh! Haben Sie keine Angst! Ich tue Ihnen nichts. In L. ist heute abend Tanz. Es ist Jahrmarkt! Kommen Sie mit?«
»Es tut mir leid! Ich muß heimgehen!«
»Sie sind nicht sehr freundlich!«
Ich zuckte ärgerlich die Schultern, ging weiter und bog in einen kleinen Weg ein, wohin mir meiner Meinung nach das Auto nicht folgen konnte. Der Schweiß stand mir auf der Stirn. Wenn ich gewollt hätte... Es hing einzig und allein von mir ab! Heute nacht hätte ich Zeit gehabt!
Aber was sollte das! Ich kannte den Mann ja nicht. In der Dunkelheit hatte ich nicht einmal seine Gesichtszüge erkennen können. War er jung oder alt? Seiner Stimme nach eher jung.
Der Weg führte zum Marktplatz – und hier stand der Wagen wieder. Der Mann war ausgestiegen. Er hielt nach mir Ausschau. Unser Haus war ganz in der Nähe, aber ich wagte nicht, dorthin zu gehen.
In diesem Augenblick fing es zu regnen an. Blitze zuckten, der Sturm wurde stärker. Das machte mich nervös. Der Fahrer rief mir nach: »Wohin gehen Sie?«
»Was interessiert Sie das?«
»Ich bin von Natur aus neugierig! Ich würde gern wissen, weshalb Sie zu dieser Stunde ohne Hut in den Straßen dieses Nestes herumgehen?«

»Ich frage Sie ja auch nicht, weshalb Sie gehalten haben, anstatt nach Lons zu fahren!«
»Ich habe auf Sie gewartet! Sie sind hübsch!«
Können Männer denn nichts anderes sagen? Es regnet.
»In meinem Wagen können Sie Schutz finden!«
»Bestimmt nicht! Wenn ich einsteige, fahren Sie los und bringen mich irgendwohin. Die Scheunentore bieten einen besseren Schutz. Dorthin werde ich gehen!«
Er lief mir nach.
»Es wäre besser, wenn Sie weiterfahren würden«, sagte ich schelmisch. »Ihre hübschen Freundinnen warten schon auf Sie!«
»Ich habe keine hübschen Freundinnen!«
»Oh! Mit wem tanzen Sie in L.? Doch nicht mit jungen Männern, wie ich annehme!«
»Sagen Sie mir doch bitte Ihren Namen!«
»Kunigunde!«
»Ziehen Sie mich auch nicht auf?«
»Ohne Zweifel wollen Sie auch wissen, wie alt ich bin? Fünfzig!«
Er schien über meine Ironie nicht verärgert zu sein.
»Selbst wenn du Großmutter Kunigunde und achtzig Jahre alt bist, bin ich als dein Urenkel leidenschaftlich in dich verliebt.«
»Plötzlich haben Sie Humor! Aber vor einer Viertelstunde noch...«
»Ich liebe Sie. Ja, ohne Sie zu kennen! Sind Sie deswegen erstaunt?«
Er kam näher zu mir, packte mich an den Schultern, und ich konnte nicht mehr weglaufen.
»Lassen Sie mich los!«
»Nein! Sie müssen mir erst einen Kuß geben!«

Er drückte sein Gesicht an das meinige. Ich gab ihm eine schallende Ohrfeige.
»Dumme Gans!« schimpfte er, während er sich die Wange rieb.
»Sprechen Sie nicht so laut! Man könnte uns sonst hören!«
»Küssen Sie mich, oder ich werde schreien!«
Unwillkürlich mußte ich lachen. Er raubte mir einen Kuß, ich wagte es aber nicht, ihm wieder eine Ohrfeige zu geben. Plötzlich wurde er kühner. Sein Mund streifte über mein Gesicht, über Haare und Kinn. Ich konnte mich nicht abwenden, denn er hielt mich fest.
Ein Zittern durchfuhr mich, und ich erwiderte seine Küsse. Er hatte bereits mein Kleid hochgehoben, drang mit den Fingern unter meinem Hemd vor und tätschelte mich. Die Wollust raubte mir den Verstand. Meine Knie wurden schwach, meine Gefühle überwältigten mich.
Ich sollte einen gewissen Körperteil bei ihm berühren. Das lehnte ich ab, doch da machte er es selbst. Das erregte mich noch mehr.
Ich zitterte. Meine Schultern wurden an den kalten Stein gedrückt... der Regen nahm zu. Ich kam zum Höhepunkt und verbarg meinen Kopf an seinen Schultern. Wieviel Zeit war vergangen? Ich weiß es nicht – aber es muß sehr spät sein. Nach dem letzten Kuß verließ er mich und stieg in sein Auto.
Ich nutzte das momentane Nachlassen des Unwetters aus und ging nach Hause.
Wer war er? Ich kannte nicht einmal seinen Namen. Aber das interessierte mich auch nicht.
Ich schloß meine Augen. Erschöpft, ohne mich auszuziehen, legte ich mich in mein Bett und schlief ein.

Sonntag, den 9. August

Ich muß sehr spät aufgewacht sein ...
Der Briefträger hatte einen Brief unter die Tür geschoben! Ein Brief von Roger. Er war an meinen Vater adressiert. Nur mit Mühe konnte ich mich zurückhalten, ihn zu zerreißen. Was wollte er?
Das interessierte mich nicht. Doch schließlich war meine Neugierde stärker als meine Gleichgültigkeit. Ich öffnete den Brief. Es war kühl, und nackt wie ich war, zitterte ich. Unsinn: immer dieselben Worte! »Ich bin nicht schuld! Micheline kann mich nicht verstehen!«
Ein Satz versetzte mich in Unruhe: »Wenn ich so streng zu ihr wie sie zu mir wäre, dann hätte ich bestimmt nicht geschrieben. Ich habe gewisse vertrauliche Mitteilungen erhalten. Sie wird schon wissen, was ich damit meine.«
Vertrauliche Mitteilungen? Von wem? Was soll das bedeuten?
Ich war völlig verwirrt. Wenn das mein Vater erfuhr!
Ich nahm Schreibzeug und kritzelte einige Zeilen hin, machte das Kuvert zu und klebte eine Briefmarke darauf. Dann schrieb ich seine Adresse.
Seine Adresse! Ich war selbst erstaunt, daß ich sie noch wußte. Ich glaubte, es seien Jahre vergangen, seitdem ich ihn zum letztenmal gesehen hatte.
Auf die Rückseite schrieb ich meinen Namen: »Micheline de R. in D. (Côte d'Or).«
Wenn er meine Handschrift nicht erkennt, dann soll er wenigstens wissen, daß der Brief von mir ist. Ich stelle mir sein Gesicht vor, wenn er ihn liest.
So! Du Lump, jetzt bist du dran, dich zu grämen!
Ich zog mich an und brachte den Brief zur Post. Wenn ich

gewartet hätte, bis Papa wieder zurück ist, hätte ich bestimmt den Mut verloren.

Dienstag, den 11. August

Papa bekam den Brief von Roger nicht zu Gesicht. Ich versteckte ihn in meinen Sachen. Weshalb sprach er heute abend mit mir über ihn?

»Glaube ja nicht, Michette, daß ich dich verheiraten will. Du weißt, ich meine, daß du noch zu jung bist. Ich wäre unglücklich, wenn ich sähe, daß du mich verlassen würdest. Aber...!«

»Aber?«

»Aber dieser Bursche gefällt mir. Er ist herzensgut, ehrlich und offen!«

»Offen?«

»Niemand ist frei von Fehlern. Er leidet schrecklich, Micheline! Ich habe Mitleid mit ihm. Wenn du entschlossen bist, ihn niemals wiederzusehen, dann schreibe ihm dies ohne Umschweife!«

»Ich habe meine Abneigung gegen ihn nicht verborgen!«

»Du bist bei deinen Entscheidungen frei. Aber ich bitte dich, ihm gegenüber denselben Respekt zu bekunden, den du auch für dich beanspruchst.«

Ich war beeindruckt und versprach, darüber nachzudenken. Aber ich wußte nicht, wie ich ihm eine endgültige Absage erteilen sollte.

Donnerstag, den 13. August

Ich lese immer wieder die Entwürfe, die ich gemacht habe. Hier der fünfte Brief, den ich anfing:

»Lieber Roger!
Ich...«

Nein! »Lieber Roger« ist zu vertraulich.

»Monsieur!«

Diese Anrede habe ich auch am Sonntag gebraucht. Ist sie zu kaltherzig? Verdient er dies nicht? Ich benutze eine andere Anrede.

»Monsieur Roger!
Ich glaube, daß ich Ihnen raten muß...«

Nein, das paßt nicht!
Oh! Ich bin mit den Nerven fertig! Ich werde morgen weiterschreiben!

Samstag, den 15. August

Es ist Kirmes in D.
Zwei Tage lang stehen um den Marktplatz Buden herum, und es wird auch getanzt. Heute abend werden sich alle jungen Leute aus der Gegend hier einfinden. Ich werde nicht hingehen. Mit wem soll ich tanzen?
Ich ging doch hin, weil es Papa so wünschte. Bernard war

ebenfalls dort. Er bat mich um den ersten Tanz. Und dann betrat ein schmaler, blonder junger Mann die Tanzfläche. Ich war ein wenig aufgeregt. Es war der Autofahrer von gestern abend.

Er kam zu mir und bat mich um den nächsten Tanz. Als ich seine Arme spürte, glaubte ich, schwindelig zu werden. Ich lehnte mich ein wenig zurück. Durch den Tüll meines langen, blauen Kleides spürte ich...

»Können Sie für einen Augenblick nach draußen kommen?« flüsterte er mir ins Ohr.

Ich wurde rot bis hinter die Ohren.

»Unmöglich!« stammelte ich, »Papa...!«

»Oh! Wenn Sie wollen, finden Sie bestimmt eine Ausrede!«

Ich konnte meine Erregung kaum unter Kontrolle halten. Mit niedergeschlagenen Augen stammelte ich: »Ich werde es versuchen!«

»Mein Auto steht hinter der Schießbude.«

»Geben Sie acht, denn wir werden beobachtet!«

Als er mich zu meinem Platz zurückbrachte, fragte mich Papa: »Wer ist dieser junge Mann?«

»Ich weiß es nicht!«

»Er benimmt sich seltsam! Ich würde es vorziehen, daß du ihn abweist, wenn er dich wieder auffordert.«

Unentschlossen gab ich ihm keine Antwort. Welchen Grund sollte ich vorschützen, um nach draußen gehen zu können? Es fiel mir keine plausible Ausrede ein.

Bernard verbeugte sich vor mir. Er schüttelte die Hand meines Vaters. Ein zweiter Tanz? Ich tanze den Walzer sehr schlecht! Kann die Kapelle nichts anderes spielen?

Bernard drückte mich an sich und flüsterte mir leise etwas ins Ohr. Ich konnte es nicht verstehen.

»Was haben Sie gesagt, Monsieur?«

»Mademoiselle Micheline, Sie quälen mich schrecklich!«
Er schlug mir vor, sich draußen ein wenig die Füße zu vertreten. Ich erblickte eine Gelegenheit.
»Mit Vergnügen! Aber Papa...!«
»Wenn ich Sie begleite, ist er nicht beunruhigt. Ich werde ihn fragen!«
Er beendete den Tanz nicht, beugte sich über meinen Vater und richtete sich dann erfreut auf.
»Kommen Sie, Mademoiselle, ich habe die Erlaubnis bekommen, Sie mit nach draußen zu nehmen.«
»Aber nur für einige Minuten!« rief Papa.
»Das reicht gerade, um eine Limonade zu trinken.«
Ich bekomme die üblichen Ratschläge: »Mein Kind, trinke nicht zu schnell! Du bist zu sehr erhitzt!«
Ich lief hinter dem Gutsverwalter nach draußen und sah den jungen Mann mit dem Auto. Er verstand meine Blicke. Diskret folgte er uns.
An der Schießbude sagte ich scheinheilig: »Ich bin sicher, Bernard, daß Sie ein wunderbarer Schütze sind.«
Er fühlte sich geschmeichelt.
»Ich habe in meinem Regiment einen Orden erhalten!«
»Probieren Sie es doch einmal!«
Wir gingen durch die Reihen der Zuschauer. Sorgfältig wählte er ein Gewehr aus. Der Lärm und die Musik dröhnten mir in den Ohren.
Ich hatte einen Plan.
Er legte an! Mich hatte er ganz vergessen. Seelenruhig verschwand ich. Der andere wartete schon auf mich.
»Wo ist Ihr Auto?«
»Dort hinten!«
Wir rannten, stiegen ein und fuhren vorsichtig los, um den zahlreichen Besuchern auszuweichen. Schließlich kamen

wir auf die Hauptstraße und fuhren schneller. Wohin? Das war mir gleichgültig!
Mein Begleiter legte die eine Hand auf meinen Oberschenkel, während er mit der anderen das Auto steuerte. Er kniff mich so fest, daß ich einen leisen Schmerzensschrei ausstieß.
»Habe ich Ihnen wehgetan, Mademoiselle Kunigunde?«
»Nein – überhaupt nicht!«
»Wollen Sie mir jetzt nicht Ihren wirklichen Namen sagen?«
»Micheline!«
»Wirklich?«
»Ja!«
»Köstlich!«
Ich wußte nicht, was dieser Ausdruck sollte. Meinen Vornamen und meine festen Brüste fand er himmlisch. Meile um Meile legten wir zurück. Wir fuhren auf der Landstraße nach Paris...
»Wir wollen nicht zu weit fahren!« murmelte ich. »Mein Vater...«
»Wenn das so ist – wollen wir hier halten?«
»Wenn Sie wollen!«
Er hielt den Wagen an, schaltete das Licht aus und legte seinen Arm um meine Schultern. Ich genoß seinen Kuß, er war köstlich und zärtlich. Es war schon so lange her...!
Schamlos wanderten seine Hände weiter. Ich leistete ihm keinen Widerstand.
»Möchtest du heute abend...?«
Ob ich möchte? Was soll das heißen? Er führte meine Hand.
Ich war einverstanden, er geriet in Erregung und legte mich rücklings über den Sitz. Etwas drang unter meinem Hemd ein. Ich hielt seine Hand fest.

»Bitte sag ja!« stammelte er.
Ich wich seinem . . . aus und preßte meine Beine zusammen, gleichsam als ob ich ihn gefangenhalten wollte. Mein Körper bewegte sich hin und her, und in völliger Harmonie ahmte er diese Bewegungen nach. Ich wurde fast ohnmächtig. Oh, diese Wärme ganz nahe meiner . . .
Ich fühlte, daß ich noch erregter wurde. Mit verdrehten Augen biß er in meinen Mund.
»Micheline, ich liebe dich!«
Ich ließ nichts unversucht, um ihn wegzustoßen, und schließlich gelang es mir. »Schluß!« sagte ich energisch. »Wir wollen zurückkehren!«
»So früh schon?«
Verärgert und wortlos startete er den Wagen. In kurzer Zeit waren wir wieder in der Menge und im hellen Licht. Ich stieg aus, ohne daß ich wartete, bis der Wagen hielt. Der Tanz! Wo ist meine Eintrittskarte? Ich habe sie verloren. Doch man ließ mich hinein. Vergeblich suchte ich meinen Vater. Suchte er mich vielleicht? Ich fürchtete ein Unglück. Bernard ergriff mich am Arm.
»Du unartiges Mädchen bist weggelaufen. Wo warst du? Wir haben dich überall gesucht! Einer deiner Bekannten ist eingetroffen. Du wirst zu Hause erwartet!«
Einer meiner Bekannten? Das verstand ich nicht. Schnell lief ich weg und überquerte den Marktplatz. Unsere Haustür stand offen. Ich trat ein. Mein Herz schien aufzuhören zu schlagen. Roger war da! Er sprach mit meinem Vater.

Sonntag, den 16. August

Roger war mit dem Auto von Paris gekommen. Er wohnt im einzigen Hotel von D. Was soll ich zu ihm sagen? Welche Haltung soll ich ihm gegenüber einnehmen? Distanziert in einem Brief zu sein, ist nicht sehr schwierig. Aber von Angesicht zu Angesicht? Ich zögere. Ich gehe mit mir selbst zu Rate. Wenn ich mich verärgert zeige, dann könnte man dies als Eingeständnis von Eifersucht und Liebe auslegen. Wenn ich aber zu freundlich bin, dann glaubt er, ich würde ihm vergeben.

Er speiste mit uns, und ich war sehr ärgerlich, weil Papa so freundlich zu ihm war.

»Ich betrachte dich als meinen Sohn, weil du keine Eltern hast!«

Hat er irgendeine Geliebte? Das interessiert mich bei weitem mehr.

Beim Dessert schlug Papa vor: »Seid wenigstens gute Freunde! Das möchtest du doch auch, Micheline?«

»Oh! Ich...!«

»Gib mir die Hand!«

Ungerührt ließ ich Roger meine Hand nehmen. Aber als er sie küssen wollte, zog ich sie nervös zurück.

Am selben Tag

Die Tanzveranstaltung fand immer noch statt. Roger will erst morgen wegfahren. Wir gehen alle drei hin.

Natürlich konnte ich ihm keinen Tanz verweigern, nahm aber absichtlich auch die Einladung von Bernard an. Wenn doch nur der schlanke blonde junge Mann wiederkommen würde! Ich würde Roger spüren lassen, wie wenig er mir bedeutet. Aber der Mann mit dem Automobil glänzt mit seiner Abwesenheit.

Ein Tango! Ehe der Gutsverwalter kam, führte mich Roger auf die Tanzfläche. Wir tanzten. Ich sah, wie hundert Augenpaar auf uns gerichtet waren. In einer Stadt, wo sich alle kennen, blieb die Anwesenheit meines Ex-Verlobten nicht unbemerkt.

Als wir an Simone, die mit ihrem Bruder tanzte, vorbeigingen, starrte sie Roger an. Ob wohl das kleine Ding ihn bewunderte?

Es stimmt, dieser Lump sieht nicht schlecht aus. Einige meiner Freundinnen, gerade aus dem Urlaub zurückgekommen, waren ebenfalls anwesend.

Sogar Fanny! Sie trug ein auffallendes violettes Kleid, das sie sich von ihrer Chefin geliehen hatte. Alle beobachteten meinen Tanzpartner.

Er versuchte mit mir ins Gespräch zu kommen, und ich brach mein Schweigen und antwortete ihm gutgelaunt. Jeder hätte vermutet, daß zwischen uns beiden das beste Einvernehmen bestand.

Als der Tanz zu Ende war, kehrten wir heim. Er begleitete meinen Vater und mich bis zu unserer Tür.

»Bevor ich morgen abreise – oder besser ausgedrückt heute früh –, werde ich mich noch verabschieden.«

Soll ich aufstehen? Nein, danke! Ich habe nicht die Absicht, für ihn meinen Schlaf zu opfern.

Mittwoch, den 26. August

Mein Geburtstag ... ! Papa küßte mich zärtlich und gab mir – welch eine Überraschung – eine Puderdose, die mit Perlmutt ausgelegt war. Roger sandte mir ein Bukett aus roten Nelken.
Achtzehn! Ich werde alt!

Dienstag, den 2. September

Wir sind in Paris bei meiner Tante. Papa hat seinen Jahresurlaub. Ich hatte D. ohne Bedauern verlassen. Die letzten zwei Wochen waren öde und schrecklich langweilig.
Mein Onkel ist auf Reisen. Gern kehrte ich in die Hauptstadt und in die Wohnung in der L'Avenue zurück, wo ich zehn Monate verbracht hatte.
Roger kommt bald.
Ich verschwand, ohne ein Wort zu sagen. Als ich im Treppenhaus war, lief ich ihm vor der Tür in die Arme. Es war unmöglich, ihm auszuweichen.
»Geh ein Stück mit mir!« sagte er, »ich würde mich glücklich schätzen, mich mit dir allein zu unterhalten.«
Was will er mir mitteilen? Sich entschuldigen? Das wäre nutzlos!
»Du hast dich geirrt!«
Was? Oh! Will er mich schon wieder anlügen?
»Die Frau interessiert mich nicht! Sie ist eine Aufseherin in einer Fabrik!«
»Du hast sie aber bei dir zu Hause empfangen! Ihr habt euch geküßt! Und danach ...?«
»Der äußere Anschein täuscht manchmal!«

»Du hast den Vorfall im Hospital wohl vergessen?«
»Ich bitte dich auf den Knien um Verzeihung. Möchtest du, daß ich Selbstmord begehe?«
»Übertreibe nicht! Ich bitte dich!«
»Ohne dich ist mein Leben sinnlos! Entscheide dich! Ich werden dein Urteil annehmen!«
Entscheide dich! Das ist leicht gesagt – und wenn er dann später...
»Ich – ich weiß nicht!«
»Micheline, bitte!«
»Wenn wir verheiratet sind, wie kann ich mit Sicherheit wissen, daß du...«
»Ich schwöre es dir!«
»Ich weiß, was dein Eid wert ist! – Und jetzt laß mich, meine Familie wartet schon.«
»Vergibst du mir?«
»Jetzt nicht! Vielleicht später!«
Da ist der neue Hausmeister! Er geht an uns vorbei und grüßt uns: »Monsieur! Madame!...«
Er denkt, wir sind verheiratet. Das macht mir Spaß. Mein Lächeln legt Roger falsch aus. Zu dumm...

Donnerstag, den 11. September

Ich habe ihm vergeben. Tante und Papa bedrängten mich. »Die Beendigung eures Verlöbnisses schadet dir!« sagte meine Tante. »Obgleich die Verlobung noch nicht offiziell war, wissen doch viele Leute davon.«
Das ist mir zwar gleichgültig, aber schließlich habe ich ihm doch verziehen. Ich habe ihm den Friedenskuß gegeben. Wir wollen einen Strich unter die Vergangenheit ziehen.

Freitag, den 12. September

Er ist sehr aufmerksam zu mir.
»Micheline«, flüsterte er mir ins Ohr, »am besten wäre es, wenn wir sobald wie möglich heiraten würden, um weitere Mißverständnisse zu vermeiden. Du bist doch bald 21 Jahre alt!«
Ich wußte nicht, was ich antworten sollte.

Dienstag, den 16. September

Es ist schon seltsam, wie schnell die Zeit vergeht und wie sich die Meinungen völlig ändern.
Ich las immer wieder die letzten Seiten. Jede Seite offenbarte mir den Zorn, den ich gegen Roger empfunden hatte. Um ihn zu vergessen, gab ich mich dem Erstbesten hin. Und nun...
Es besteht zwischen uns köstliche Vertraulichkeit. Papa und meine Tante scheinen zufrieden zu sein.

Donnerstag, den 18. September

Als Datum der Heirat wurde der 18. Oktober festgesetzt. Noch nicht einmal ein Monat...
Eilig treffen wir unsere Vorbereitungen. Roger holt mich häufig ab. Wenigstens bin ich dann sicher, nicht etwas zu kaufen, das ihm nicht gefällt.

Freitag, den 19. September

Als er gestern kam, wagte er es, mir einen Kuß zu geben. Der erste seit unserer Versöhnung. Der erste, ja der erste Kuß, der diesen Namen verdient.
Ich erwiderte ihn mit all meiner Leidenschaft.

Sonntag, den 21. September

Wir waren nach dem Essen allein. Wie im letzten Sommer setzte ich mich auf seine Knie und spürte bald den sicheren Beweis seiner Erregung.
Er bat mich – ich ließ ihn ein wenig bitten. Dann machte ich ihn glücklich. Dabei sah ich ihm ins Gesicht und verfolgte, welche Glut ich in ihm geweckt hatte.
Ich begriff, wie sehr ich ihn liebte.

Dienstag, den 23. September

Ich war bei ihm zu Hause. In einer Straßenecke gingen wir an einem alten Mann vorbei.
Ich wurde purpurrot. Es war Monsieur Edgar.
Ich zog Roger an mich, und wir überquerten die Straße. Hoffentlich hat er mich nicht erkannt.

Donnerstag, den 25. September

Wir können uns jetzt treffen, so oft es uns gefällt.
Wenn wir es machen wollten, hätten wir keine Schwierigkeiten zu befürchten!
Aber es ist seltsam! Bei Roger habe ich keine schlechten Gedanken mehr! Ich berühre ihn manchmal, ohne daß ich Begierde verspüre... Das einsame Vergnügen habe ich ganz vergessen.
Meine Sinne sind offenbar eingeschlafen. Ist das die wirkliche Liebe? Er ist die Höflichkeit in Person. Selbst im Hospital, als ich nackt vor ihm lag, nahm er sich keine Freiheiten heraus. Wegen dieses Verhaltens habe ich ihn noch mehr lieb. Wenigstens ist er nicht so wie die anderen!

Donnerstag, den 2. Oktober

Wir sind allein und unterhalten uns über die Vergangenheit. Er wollte mir beweisen, daß diese Frau, die sich in seinem Zimmer aufgehalten hatte, nicht seine Geliebte war. Ich wollte ihm glauben. Ja, ich wollte ihm mein Vertrauen beweisen.
»Als ich dich zu meinen Freunden in das Hospital brachte, habe ich einen schrecklichen Fehler begangen! Das gebe ich zu!«
Ich legte meine Hand auf seinen Mund. Ich will alles vergessen. Sein einziger Fehler war seine Eifersucht. Ja, er ist schrecklich eifersüchtig.
Und ich?
Ich suchte das Schreiben, das mir Monsieur Edgar geschickt hatte, und zeigte es ihm, wobei ich ihm natürlich versicherte, daß ich nicht wüßte, woher es käme.

Wir vereinbarten, uns niemals mehr von anderen Leuten trennen zu lassen. Niemals mehr werde ich zu diesem Menschen gehen!

Montag, den 13. Oktober

Ich habe eine Zeitlang mein Tagebuch vernachlässigt.
So viele Vorbereitungen mußten getroffen werden. In zwei Tagen werde ich »den letzten Schritt« tun. Ich werde eine Frau sein. Unsere Pläne für die Zukunft stehen fest. Drei Wochen Cannes, und dann bin ich Hausfrau in Paris.
Ich werde einen eigenen Haushalt haben. Meine guten Tanten, die aus allen Ecken Frankreichs kamen, überhäuften mich mit ihren Ratschlägen.
»Halte Abstand von dem Dienstmädchen! Vervollkommne deine Kochkünste! Die Liebe geht durch den Magen!«
Nur eine Person nimmt nicht an der Hochzeit teil: Onkel Henry. Er telegrafierte aus Tunis, daß er mit größtem Bedauern seine Rückkehr verschieben müsse.
Ich freue mich darüber.
Gestern probierte ich mein weißes Hochzeitskleid ohne Schleier an. Es ist entzückend!

18. Dezember

Immer wieder lese ich dieses Tagebuch. Ich sollte es verbrennen! Wenn Roger es findet! Ich will es noch eine Zeitlang aufheben!
Ich lese noch einmal gewisse Seiten. Nur diejenigen, die von meinem Liebsten handeln, interessieren mich. Vor einem

Jahr folgte er mir in die Bäckerei nach. Ich ging noch zur Schule.
Und heute?

2. Januar

Weihnachten eine kurze Reise nach D. Ich muß mich erkältet haben. Ich fühle mich nicht wohl.
Papa und Roger scheinen verärgert zu sein. Ich hätte mich nicht beklagen sollen. Doch habe ich solche Schmerzen im Bauch.

10. Januar

Onkel Henry und meine Tante besuchten uns. Armer Onkel Henry! Er ist alt geworden und sah mich seltsam an. Für einen Augenblick fürchtete ich, daß er mich an etwas erinnern wollte.
Er machte mir Komplimente wegen meines Aussehens.
»An deinem 19. Geburtstag habe ich eine Überraschung für dich!«
Meine Tante, die meine Lage begriff, nahm mich beiseite. Ich mußte ihr von der seltsamen Krankheit erzählen, an der ich seit einiger Zeit litt.
»Du solltest besser zu einem Doktor gehen!«
»Ich möchte keinen Doktor sehen!«

Ich lag sechs Wochen im Bett. Immer mit Fieber. Weshalb stehe ich auf, um diese Seiten erneut zu lesen?
Roger war weg. Ich hätte mein Tagebuch beinahe zerrissen. Jetzt noch nicht! Morgen bestimmt!
Ich weiß nicht, was mit meinem Körper los ist. Manchmal habe ich solche Schmerzen, daß ich laut schreien möchte. Aber ich habe Angst, meinen Liebsten zu erschrecken.
Ich hoffe, daß ich bis zum April gesund bin. Papa hat uns zu Ostern eine Reise in die Alpen, nach Chamonix, zum Montblanc, nach Mégève geschenkt.
Wenn ich daran denke, vergesse ich meine seltsamen Schmerzen.

Micheline starb am 28. März.

Knaur

Capote, Truman

Eine Weihnacht
Buddy, das Kind geschiedener Eltern, reist allein nach New Orleans, um bei seinem Vater, den er kaum kennt, die Weihnachtstage zu verbringen. 56 S. [1191]

Musik für Chamäleons
Hier bringt Truman Capote seine schöpferische Auseinandersetzung mit den künstlerischen Möglichkeiten des Journalismus zu einem neuen Höhepunkt. 288 S. [1041]

Cronin, A. J.

Die Bewährung
122 S. [750]

Hinter diesen Mauern
Roman eines Justizirrtums. 232 S. [1043]

Die Schicksalsnacht
128 S. [727]

Die Schlüssel zum Königreich
315 S. [791]

Wallace, Irving

Countdown eines Wunders
Sie sind unterschiedlich wie Tag und Nacht: Sergej Tichanow, amtierender Außenminister der Sowjetunion, und die schöne Schauspielerin Natale. Doch eines verbindet sie: sie sind unheilbar krank und erhoffen sich Gesundung in Lourdes. Aber unter den Pilgern ist einer, der einen fanatischen Terroranschlag plant... 496 S. [1490]

Die drei Sirenen
Erlebnisse einer Expeditionsgruppe. 504 S. [586]

Der schwarze Präsident
Ein Farbiger wird Präsident der Vereinigten Staaten. Dem Politiker gelingt es, sich durchzusetzen und an seiner Aufgabe zu wachsen, ohne seine moralische Integrität und menschliche Würde zu verlieren. 856 S. [1357]

Ich, der mächtigste von allen
Der faszinierende Roman über die absolute Machtbesessenheit eines Mannes, der um jeden Preis Menschen, Ereignisse und Geschichte manipulieren will. 384 S. [1238]

Die sieben Minuten
Ein Prozeß wächst sich zum Skandal aus. 478 S. [316]

Die sieben sündigen Tage
Philip Fleming, ein erfolgreicher Schriftsteller in den besten Jahren, trifft eines Tages die attraktive Peggy. Damit beginnt Flemings Gang durch ein Fegefeuer, denn er versagt als Mann und schließlich auch als Schriftsteller... 288 S. [1205]

Romane

Knaur

Cordes, Alexandra

Nach all diesen Jahren
Nach zwanzig Jahren Ehe entschließt sich Georg Camberg einen Auftrag in Amerika anzunehmen... Nach all diesen Jahren läßt er seine Frau mit scheinbarer Selbstverständlichkeit alleine zurück. Für Gisela Cramberg bricht eine Welt zusammen. 240 S. [1495]

Die Buschärztin
Helga Kreuzer übernimmt im Zululand die Praxis ihres verstorbenen Vaters. Aus Liebe und Fürsorge zu Land und Leuten beschließt sie, Buschärztin zu werden. 192 S. [1149]

Liebe kennt keine Jahre
Ein Roman über zwei Frauen, die zwei Jahrhunderte trennen und die doch schicksalhaft miteinander verbunden sind. 255 S. [829]

Das Lied von Liebe und Tod
Ein junges Paar reist nach Portugal, um dort seine Flitterwochen zu verbringen. Unversehens geraten sie in eine blutige Familienfehde, in der es um Leben und Tod geht. 208 S. [1293]

Wilde Freunde
Die Abenteuer des Rick Hardt. Ein Roman voller Leben, voller Unmittelbarkeit. 192 S. [1160]

Haus der Träume
Um ein altes Patrizierhaus kämpfen zwei, seit Generationen verfeindete Familien. Eine Liebesgeschichte zwischen den Kindern macht diesem Streit schließlich ein Ende. 192 S. [1152]

Gast, Lise

Es ist eine alte Geschichte, doch bleibt sie immer neu
Die Geschichte eines jungen Mädchens, das nach einer zerbrochenen Liebe einen ungeliebten Arbeitsplatz aufgibt, um an der Seite eines älteren Mannes zu leben. 208 S. [1438]

Heim, Peter

Frauenklinik Lenzhalde
Die Frauenklinik ist seine Welt und sein Leben. Frauenarzt Dr. Reinhard wird von seinen Patientinnen geliebt und verehrt. Ihre Ängste und Nöte, ihre Sorgen und Freuden sind auch die seinen. 224 S. [1500]

Hersch, Jeanne

Begegnung
In ihrem einzigen Roman erzählt die Genfer Philosophin in der Rückschau die erste Liebe einer jungen Frau, die ein Kind erwartet. Sie empfindet nochmals die Gefühle, die sie als junges Mädchen einem älteren Mann entgegengebracht hat. 128 S. [1312]

Hill, Rebecca

Die Blauen Hügel
Was ist eine Ehe heute noch wert? Diese Frage muß sich die Psychologin Jeannine stellen, die nach zehn Jahren ehelicher Gemeinschaft in den Schoß ihrer Familie im Süden der USA geflohen ist. 320 S. [1514]

Donner, Florinda

Shabono
Eine Frau in der magischen Welt der Iticoteri. Die Anthropologin Florinda Donner folgt einer sterbenden Indianerin tagelang durch den Dschungel – bis zu ihrem Dorf Shabono. Dies ist der eindrucksvolle Bericht über ihre Erlebnisse. 320 S. [1279]

Clarke, Brenda

Der ferne Morgen
Sie ist schön, sie ist reich. Und ohne es zu wollen, wird sie vielen Männern zum Verhängnis. Um so größer ist die Überraschung, als der alles andere als standesgemäße Tom ihr Ehemann wird... 448 S. [1414]

Zeit der Ginsterblüte
England zur Zeit der Jahrhundertwende. Ein undurchsichtiges Gewirr aus Feindseligkeit, Argwohn und Haß trennt die verschwägerten Familien Read und Hunnicutt, in das die blutjunge Emily gerät... 400 S. [1415]

Romane

Nin, Anaïs
Das Delta der Venus
Das schönste und direkteste Buch der geheimnisvoll-berühmten Autorin. 327 S. [742]
Djuna oder Das Herz mit den vier Kammern
Dies ist die Charakterstudie einer Leidenschaft, geschrieben in einer Sprache, die analytische Klarheit und poetische Bilder in unnachahmlicher Weise vereint. 208 S. [1270]
Die verborgenen Früchte
128 S. mit 15 Abb. [806]

Susann, Jacqueline
Diese eine Liebe
Das Schicksal einer Frau, der das Leben alles gewährt und die doch das Glück nicht halten kann. 128 S. [575]
Die Liebesmaschine
Der erfolgreich verfilmte Weltbestseller. 426 S. [815]
Das Tal der Puppen
Ein hochdramatischer Roman über die gnadenlose Welt des Showgeschäfts. Erfolgreich verfilmt. 368 S. [238]

Nicolson, Catherine
Unter dem Pfirsichmond
Jung, attraktiv und ehrgeizig, will Corrie es mit der Welt aufnehmen, will ihr Talent entwickeln und als Sängerin berühmt werden. Mutig geht sie ihren Weg, mit Phantasie, aber auch mit beharrlichem Eigensinn, um ihr Leben zu meistern, um Erfüllung zu finden. 352 S. [1356]

Rogers, Rosemary
Die Sinnliche
Der Roman von Liebe und Leidenschaft unter Napoleon. 416 S. [1212]
Letzte Liebe, Letzte Liebe
Virginia und Steve – schön, reich, jung und verliebt – sind der glanzvolle Mittelpunkt des gesellschaftlichen Lebens in New Orleans. Doch das Schicksal reißt die Glücklichen auseinander. 320 S. [1271]
Die Blonde
»Blondinen bevorzugt« – unter diesem Gebot steht das Leben der reichen und schönen, aber glücklosen Anne. Als Männerfalle verschrien und als Seelchen verschlissen, kämpft sie verzweifelt darum, Mensch zu sein. 384 S. [1157]

Die Unbesiegbare
Ein weiblicher, von Leidenschaft geprägter Roman – vor dem historischen Hintergrund der gesellschaftlichen Entwicklung des jungen amerikanischen Kontinents. 576 S. [784]
Wildnis der Liebe
Eine titanische Familienfehde, Liebe, Haß und Leidenschaften von nicht alltäglichen Menschen. 377 S. [1008]

Cunningham, E.V.
Club der Geschiedenen
Eine knallharte, packende Story, die Einblick gewährt in aufschlußreiche, nicht immer erfreuliche, amerikanische Ehe- und Scheidungspraktiken. 192 S. [1398]

García, Consuelo
Auf der Suche nach Liebe
Consuelo García hat in ihren persönlichen Erzählungen die Suche des Menschen nach Liebe eingefangen: die Liebe der Frau zum Mann, die Liebe einer Mutter zu ihrem Kind, die Liebe, die sich in der beglückenden Erfahrung der Sexualität äußert, aber auch eine allumfassendere Liebe zu den Mitmenschen und zum eigenen Körper... 192 S. [1417]

Romane